F.U. Ricardo

Tödliche Verwechslung

F. U. Ricardo

Tödliche Verwechslung

Ricardo, F.U.
Tödliche Verwechslung
– 1. Aufl. – 2011
Herstellung und Verlag:
Books on Demand GmbH, Norderstedt (www.bod.de)
ISBN: 978-3-8423-6032-7

Vorwort

Es gibt eineiige Zwillinge, die einander buchstäblich derart gleichen wie ein Ei dem anderen. Selbst die Mutter kann da mal Mühe haben, die beiden auseinander zu halten, bis diese doch ganz kleine und feine Unterschiede zeigen. Selbst Lehrer in der Schule, Verwandte und Bekannte, unterliegen manchem Schabernack, den diese Zwillinge bewusst anwenden und sich köstlich amüsieren, wenn sie verwechselt werden.

Man sagt auch, dass wohl nahezu jeder Mensch irgendwo einen sogenannten Doppelgänger hat, den er aber wohl nie zu Gesicht bekommt. So heisst es, dass der frühere Diktator des Irak, Saddam Hussein, fünf oder mehr Doppelgänger mit den gleichen Staatslimousinen im ganzen Land zu seinen vielen Palästen herumfahren liess, damit möglichst niemand wusste, wo der echte Präsident gerade weilte. Die wohl immerwährende Angst vieler Despoten vor

Anschlägen und Attentaten minimierte sich durch solche Massnahmen auf einen Bruchteil. Wahr oder ein Märchen?

Nun, etwas muss es doch an sich haben, denn in der Geschichte gab es etliche solcher Tricks, nicht nur bei Stalin, Churchill und vielen weiteren mehr aus alten und neueren Zeiten!

1

René und Henri Bertrand, die heute Zweiundzwanzigjährigen aus Montreux am Genfersee waren damals innerhalb von zwanzig Minuten hintereinander auf der Bildfläche dieser Welt erschienen. Ihre Ähnlichkeit, nein Gleichheit, war einfach verblüffend. Und sie ist es bis heute geblieben. Auch der Streit oder besser gesagt die Fopperei der beiden, wer nun wirklich der Erstgeborene war.

„Vielleicht hat uns nach der Geburt schon die Mutter verwechselt. Und wenn nicht, dann aber ganz sicher die Ärzte und das Pflegepersonal in der Geburtenabteilung des Spitals. Nehmen wir also einfach zur Kenntnis, dass ich der Ältere bin, und zwar um ganze zwanzig Minuten!", meinte René wieder einmal augenzwinkernd zu seinem Zwillingsbruder Henri.

„Hättest du gerne, oder nicht? Aber sieh mal unseren Intelligenzquotienten an! Ich bin der Erste gewesen, denn wenn man genau analysiert, merkt man bald, dass ich einige grauen Zellen mehr besitze als du", lachte Henri zurück.

Die beiden machten sich durch alle die Jahre einen Spass daraus, sogar ihre Stimme, ihre Gestik und Mimik und vor allem auch ihren Gang anzugleichen, damit eine Verwechslung dadurch praktisch immer gelang. Sie lernten auch in der gleichen Schulklasse, absolvierten die gleiche Mittelschule und studierten später an der Technischen Hochschule in Lausanne, wurden im selben Beruf tätig und lernten als künftige Ingenieure auf dem Spezialgebiet in der Wasseraufbereitung.

René und Henri träumten schon als kleine Knirpse von der grossen weiten Welt. Sie blickten oft verträumt über den Lac Léman nach Savoyen hinüber. Sicher, sie waren stolze, aber auch manchmal etwas kritische Schweizer. Innerlich zog es sie aber weit mehr hinüber nach Frankreich als in andere Zentren ihrer Heimat. Die ruhmreiche und glanzvolle Geschichte der Grande Nation brachte sie oft ins Träumen, wenn auch heutzutage die Bedeutung Frankreichs zum Leidwesen mancher nur noch ein Schatten jener Zeit ist. Trotzdem war für sie La Suisse nun doch einfach etwas zu eng und zu klein. Sie wollten nach Paris, nach London, später sogar nach Afrika und Asien!

„Wasser, das ist das Zauberwort der Zukunft, nicht Öl und andere Ressourcen. Wasser bedeutet Leben. Und es gibt schon heute für eine Milliarde Menschen zu wenig sauberes oder gar kein Wasser. Hier muss intensiv geforscht und gearbeitet sowie investiert werden, damit ganze Völkerwanderungen und Kriege verhindert werden können!", sagten sich René und Henri oft. „Auf diesem Gebiet wollen und können wir Grosses wagen!"

René und Henri mussten aber zur Kenntnis nehmen, dass gerade die Hochschulen in Zürich auf dem Gebiet Wasseraufbereitung sehr viel zu bieten hatten. Die Schweiz wird ja nicht vergebens als Wasserschloss Europas bezeichnet und leistet darum für ihren einzigen Rohstoff viel Pionierarbeit.

„Wir können auch später von Zürich aus in die grosse weite Welt hinaus", sagten sich die Zwillinge. „Zürich ist ja nicht Endstation, sondern Beginn unserer Pläne!"

So wohnten sie zusammen in einer Studentenbude in der Limmatstadt und beendeten ihr Studium an der ETH, wie üblich immer miteinander verwechselt. Das war einerseits lustig, konnte zum andern aber auch mal Ärger, ja sogar Probleme bringen. Probleme? Ja, vor allem bei einer Jugendliebe wie bei der äusserst hübschen und attraktiven Monika.

René und Henry Bertrand lernten sie in einem der Lesesäle der Bibliothek der Eidgenössischen Technischen Hochschule näher kennen. Diese umfasst um die sieben Millionen Objekte und ist damit die grösste Bibliothek der Schweiz. Monika studierte Biologie und war für beide die grösste, die charmanteste und liebenswürdigste junge Frau der Schweiz. Dass René und Henry gleichzeitig von ihr schwärmten und träumten, war für eineiige Zwillinge eigentlich nichts besonderes.

Besonders war die Situation allerdings für Monika. Ihr gefielen auf Anhieb beide. Sie bemerkte auch deren Werben und konnte sich nicht entscheiden, sie auch nicht unterscheiden, mit welchem sie zu einem Abendessen ausgehen sollte. So zögerte sich eine Zusage ihrerseits hinaus, währenddessen die Phantasie und Begeisterung von René und Henry die wunderschönsten Blüten trieb. Aber eigentlich waren dies alles für Monika doch nur ein Spiel und ein Experiment.

„Du bist in Monika vergafft oder gar verliebt?", stellte dann René eines Abends zu Henri gewandt fest.

„Und du aber ebenso", antwortete dieser etwas bitter.

„Das ist keine Antwort auf meine Frage", konterte René. „Sei doch ehrlich! Wir lassen uns nach einer wunderschönen Vergangenheit doch nicht die Gegenwart vermiesen wegen einer Frau. Also, magst du sie sehr?"

„Ja, aber ich fühle, du auch!"

„Und, wie empfindet Monika selbst?"

„Ich denke, sie sieht in uns zwei nur einen und denselben und ist wegen uns beiden ziemlich verwirrt. Komm, lass uns jetzt erst mal schlafen, denn morgen ist ein anstrengender Tag!"

Von Schlaf war kaum eine Spur vorhanden, dafür umso mehr von kreisenden Gedanken, die zu keinem Ergebnis führten. Als bald Zeit zum Aufstehen war, fielen beide todmüde doch noch endlich in einen kurzen Schlummer.

2

Unkonzentriert und schlecht gelaunt kämpften sich René und Henri mühsam durch den nächsten Tag. Einer der Studenten, mit dem sie oft zusammen waren, Artur Hofer aus Deutschland, meinte nach Schluss der heutigen Vorlesungen und Zwischenprüfungen: „Hört mal, ihr beide, was macht ihr denn nur den ganzen Tag für sauertöpfische Gesichter? Was ist denn euch über die Leber gekrochen? Liebeskummer? Aber warum denn gleichzeitig alle beide?"

Beim dritten Bier und pausenloser Fragerei beichteten die beiden ihr Problem, ohne natürlich einen Namen zu nennen. Man wusste ja nie, ob nicht noch andere auch ein oder zwei Augen auf Monika geworfen hatten. Sie war wirklich etwas Besonderes und liess die anderen weiblichen Wesen in vielen Belangen weit hinter sich zurück.

Zuerst lachte Artur lauthals heraus. Als er aber mit seinem Gelächter René und Henri nicht anstecken konnte, meinte er etwas kopfschüttelnd: „Schlagt euch die Dame am besten aus dem Sinn. Wir haben an der ETH über 16'000 Studentinnen und Studenten. Genügt euch das nicht, so studieren an der Universität Zürich etwa 26'000 junge Leute. In Zürich und Umgebung wohnen zudem weit über eineinhalb Million Menschen. Und sonst kommt mal mit mir nach Deutschland. Da könnt ihr zwischen Flensburg und Konstanz aussuchen, dass euch Hören und Sehen vergeht."

„Natürlich, denn alle jungen Dinger warten dort ja nur sehnsüchtig auf zwei Schweizer Singles, die sie anlächeln", konterte René sarkastisch.

„Nicht alle, aber manche! Geht jetzt in die Klappe und schlaft tüchtig aus. Morgen sieht die Welt schon wieder anders aus. Sie dreht sich nämlich nicht nur um eure Monika!"

„Donnerwetter, wie kommst du auf diesen Namen?"

„Monika ist von vielen umschwärmt; Heterosexuellen und Lesben! So, und nun gute Nacht, träumt schön!"

Statt in die Klappe zu gehen, eilte Artur schnurstracks zu Monika. Er erzählte ihr von seinem Gespräch mit den Zwillingen. Nun lachten sie beide erst etwas verhalten und bald herzlich.

Monika meinte: „Die beiden Brüder, oder besser gesagt eineiigen Zwillinge vom Genfersee, sind zwar originelle Kerle. Sie machen sich einen Sport daraus, alle hinters Licht zu führen! Immer gleiche Klamotten, gleiche Frisur, gleiche Stimme, gleicher Gang, gleiche Grösse. Und die gleiche Schadenfreude, wenn alle sie verwechseln beziehungsweise nicht unterscheiden können.

Aber es gibt immer Unterschiede, die man sieht, ohne gleich mit ihnen ins Bett zu gehen. Sie sollten mindestens den gleichen Zahnarzt haben! Bei Henri ist bei einem Eckzahn ein Stückchen abgebrochen. Entweder hat er dies noch gar nicht richtig realisiert, oder es fehlt ihm das Geld für den Zahnarzt! Damit überführte ich Henri und René, jedoch oft nur, wenn sie lachten. Sie halten dies vermutlich für Zuneigung. Sympathie ja, aber Zuneigung, Freundschaft oder noch mehr? Dafür kenne ich doch dich, Artur!"

„Und damit machst du mich zum glücklichten Studenten von ganz Zürich!"

„Nicht übertreiben!", lachte Monika sonnig.

Ganz anders war die Stimmung in der Studentenbude von René und Henri. Sie wälzten sich ein weiteres Mal bis gegen Morgen auf ihren Pritschen schlaflos hin und her, bis schliesslich René meinte:

„Henri, hast du jemals Monika geküsst oder war da vielleicht mehr?"

„Dummkopf, wir waren ja immer zu zweit mit ihr zusammen!"

„Weiss ich das bestimmt?"

„Du kannst mir das glauben, Bruderherz. Komisch ist nur, dass sie als nahezu Einzige uns fast immer auseinander halten konnte. Sie kannte unseren ‚Corpus humanus' ja nicht, was ihr geholfen hätte, uns anhand eines Muttermals oder am Brusthaar oder weiss der Teufel was unterscheiden zu können, da man aufgrund der Bekleidung ja alles nicht sehen kann. Irgendwie kommt mir auch vor, sie lächelte uns jedes Mal nur an, sondern sogar etwas aus! Es ist nie die Wärme einer Zuneigung oder gar Verliebtheit drin. Spielte sie mit uns einfach ein Spiel zu ihrem Gaudi? Oder kennt sie Artur doch näher? Woher kennt dieser ihren Namen?"

Lange Zeit sagte René kein Wort, bis er zögernd hervorstiess: „Hör mal, wir wollen uns nicht durch ein Weiblein, auch wenn es noch so wundervoll ist, auseinandertreiben lassen. Auf Ende des Semesters suche ich mir einen anderen Studienplatz und reisse mir Monika aus dem Sinn!"

Wieder folgte eine lange Pause, bis Henri meinte: „Wird das Beste sein! Ich hau ab nach Berlin, wenn dies möglich is"

„Und ich nach Paris!"

„Also, schlafen wir nochmals darüber, allerdings bleiben uns nur noch etwa drei Stunden –aber Napoleon soll auch nur vier Stunden Schlaf benötigt haben. Und sprechen wir morgen weiter darüber."

4

Die Wochen und Tage bis zum Ende des Semesters plätscherten etwas freudlos dahin. Den endgültigen Entschluss für Berlin und Paris fassten René und Henry, als sie kurz nach ihrem nachmitternächtlichen Gespräch Monika und Artur rein zufällig in einem Gartenrestaurant sehr, aber auch gar sehr, vertraulich zusammensitzen sahen. Da platzte in ihnen jegliche noch so geheime Illusion.

So zogen Henri nach Berlin und René nach Paris, denn glücklicherweise fanden beide einen Studienplatz in diesen europäischen Metropolen. Während man in Paris zehn Jahre studieren und in der Freizeit doch nicht alles sehen könnte, was diese Stadt zu bieten hat, bräuchte man in Berlin, das ein ganz anderes Gesicht zeigt und kaum vergleichbar ist mit der „Stadt der Liebe" und dem alten Prunk der Grande Nation, bestimmt auch etliche Jahre, um alles Wesentliche gesehen zu haben und die alte und neue Hauptstadt Deutschlands wirklich kennen zu lernen. Und schliesslich waren die beiden Brüder ja in diese Zentren gekommen, um ihr Studium fortzusetzen und wenn möglich sogar mit einem Doktorat abzuschliessen.

Beide lernten mit Inbrunst möglichst alles über das Wasser und dessen immer grösser werdende Bedeutung und zunehmender Knappheit auf unserem Planeten. In diesem Zusammenhang standen auch einige Lektionen über die zum grossen Teil wachsenden Wüstengebiete auf den Lehrplänen. Sie schrieben sich anfänglich noch oft oder mailten und telefonierten. Mit der Zeit schliefen aber auch diese Kontakte ein.

Ein Beispiel faszinierte aber René und Henri, ja elektrisierte sie gleichzeitig: der Begriff *Sahara!* Mit neun Millionen Quadratkilometern die grösste Trockenwüste der Erde, also etwa wie die gesamte Grösse der USA. Kaum vorstellbar!

Etwas verständlicher und begreiflicher wird die riesige Ausdehnung, wenn man an die Länder denkt, die zum grossen Teil von dieser unendlichen Wüste betroffen sind: Marokko, Algerien, Tunesien, Libyen, Ägypten, Mali, Niger, Tschad, Sudan, Mauretanien, Westsahara. Darunter also einige der flächenmässig grössten Länder des afrikanischen Kolosses.

Die Geschichtsforscher erklären, dass sich etwa 8'500 vor Christus die Tropen gegen 800 Kilometer nach Norden verschoben und grosse Teile der Sahara, die zuvor auch Wüste gewesen waren, in fruchtbares Savannenland wandelte, wo sogar Ackerbau betrieben wurde. Davon zeugen auch Höhlenmalereien, die gefunden und gedeutet wurden. Später sollen die sich erschöpfenden Grundwasservorräte sogar die erfolgreiche Oasenwirtschaft negativ beeinflusst haben.

Wie dies oft bei eineiigen Zwillingen beobachtet werden kann, bewegten bei diesen Vorlesungen und Erläuterungen René und Henri die gleichen Gedanken: „Wenn doch noch teilweise Grundwasser vorhanden wäre oder sich in den Jahrtausenden wieder gesammelt hätte? Nicht alles ist Sandwüste, sondern auch viel Gestein. Wer weiss denn, wie weit sich diese Felsen ins Erdinnere fortsetzen?
Schliesslich floss schon bei Moses gemäss Bibel im Sinai Wasser aus dem Felsen. Was man erst als Märchen abtat, wurde später von einigen Wissenschafter als möglich bezeichnet. In tausenden von Jahren sammelt sich sogar bei fehlendem oder nur spärlichem Niederschlag in gewissen Felsformationen, die innen Hohlräume aufweisen, doch Wasser an. Dieses kann sogar einen gewissen Druck auslösen, so dass bei einem heftigen Schlag mit einem grossen Stock sich ein solcher Felsen spaltet und Wasser herausfliesst.

Gewiss streiten sich verschiedene Wissenschaftler noch heute über eine solche Theorie. Ist dies aber einfach grundsätzlich von der Hand zu weisen? Wenn man nur mal eine und später vielleicht zehn solcher Stellen finden und mit heutigem Wissen und moderner Technik fördern könnte! Und wenn man noch tiefer nach Grundwasser bohren könnte!"

René und Henri begannen sich wieder zu schreiben. Sie wollten nach dem Studium mit verschiedenen Organisationen, auch in der Schweiz, Kontakt aufnehmen, um auf diesem immensen Gebiet tätig zu werden. Jeder zweite Mensch in Entwicklungsländern leidet an Krankheiten durch unreines Wasser. Jedes Jahr sterben weit über zwei Millionen Kinder. Allein in der südlichen Sahara, leben 440 Millionen Menschen ohne Zugang zu sanitären Anlagen.

Beide reizte ein Land, ohne sich vorher miteinander abzusprechen besonders: *Mali!*
In dem grossen Binnenland leben über 14 Millionen Einwohner. Es verfügt über eine Fläche von 1,25 Millionen Quadratkilometern. Oberhalb des Niger-bodens liegt die Wüste Sahara, die zwei Drittel des Landes umfasst. Klimatisch liegt dort ein sehr problematisches Gebiet. Die rund zwanzig Millimeter Niederschlag pro Jahr verdunsten gleich. Eine zunehmende Ausdehnung der Wüste ist festzustellen. Von der weniger bekannten Hauptstadt Bamako könnte man nach Timbuktu reisen. Dort träfe man auf die grösste Region des Landes.

„Ich weiss, das sind verrückte Pläne, die da in unseren Köpfen herumschwirren. Aber man hielt meistens Menschen für verrückt, die Aussergewöhnliches planten und durchzuführen versuchten!"

„D'accord, mein Bruder! Hast du dir inzwischen Monika aus dem Kopf geschlagen?"

„Wer war denn Monika? Ein Phantom aus unserer Pubertät?"

5

Nach etwa einem Jahr feierten René und Henry ihren erfolgreichen Abschluss des Studiums und die Erlangung der Doktorwürde, zunächst natürlich in Paris und Berlin und dann ausgiebig im Kreis ihrer Eltern, Verwandten und Bekannten in Montreux. Die Dissertationen handelten beide über die vielen Phänomene der Sahara. Vieles abgeschrieben aus anderen Werken, natürlich mit Quellenangabe, und einiges auch Neues aus ihren Erkenntnissen, Hoffnungen und Vermutungen.

Sie fanden schliesslich auch Gehör bei einer französischen Unternehmung, die Wasserförderung, sauberes Trinkwasser, Installation einfachster sanitärer Anlagen auf ihre Fahnen geschrieben hatte. Deren Geldmittel waren viel zu gering gegenüber der gewaltigen Notwendigkeit, wurden aber immerhin vom Staat und von Privaten etwas aufgestockt, so dass auch das Land Mali als Versuch in Betracht gezogen wurde. Die Besoldung war lächerlich, aber das Abenteuer und der Versuch wenigstens eines

Teilerfolgs brannte in den Köpfen und Herzen der Zwillinge.

Gesundheitschecks, Impfungen, Reisevorbereitungen, viele Besprechungen mit ihrer Organisation, Genehmigungserlaubnis für Forschungen und Proben sowie die entsprechende Materialeinfuhr nach Mali, Suche nach Unterkunft und nach weiterem Fachpersonal für den todtrockenen Norden, das und manches Weitere beanspruchten einige Monate.

Gerade in Afrika hat man Zeit, viel Zeit. Aber unaufhaltsam, wenn auch für Europäer viel zu langsam, kam der Tag des Abfluges von Genf nach Paris und von dort mit Air France nach Bamako. Kostete diese Warterei schon fast den Ersatznerv Henris und Renés, wie würde dann alles in Mali selbst werden?

Bamako, nun daran konnte man sich mit einer guten Portion Kompromissbereitschaft vielleicht noch gewöhnen. Aber Timbuktu, dafür braucht man schon eine nahezu globale Umstellung. Ob dies den beiden einigermassen gelingen würde?

Dieser vor allem im Altertum mystische Ort, geheimnisvoll, sagenumwoben, bis in die jüngere Neuzeit war offenbar noch nie ein Weisser dort, hat im kollektiven Gedächtnis zahlreiche Spuren hinterlassen. Zudem sagt man in der deutschen Sprache, wenn man jemanden weiss, den man am liebsten an einen entfernten Punkt wünscht oder falls man gar selbst an einen solchen aufbrechen will: „Gehe doch nach Timbuktu!"

Diese Oasenstadt zählt heute gerade mal etwa 50'000 Einwohner. Sand breitet sich überall aus. Die Wüste soll sich in den letzten Jahren hundert Kilometer nach Süden vorgeschoben haben. So hat auch der jetzt etwa fünf Kilometer entfernte Niger, der in einem grossen Bogen vorbeifliesst, keinen grossen Einfluss mehr auf das Klima.

Timbuktu, etwa um 1'000 n. Chr. gegründet, erhielt vor allem in Südeuropa als Residenzstadt schwarzer Fürsten eine Bedeutung, obschon wie erwähnt bis 1853nie ein Weisser persönlich dort war. So ist auf einer berühmten Karte aus dem Jahre 1375 der sagenhafte König Mansa Musa, der schwarze Sultan, mit einem Goldklumpen abgebildet, der alle Phantasien aufleben liess. Er soll für eine Pilgerfahrt nach Mekka von 60'000 Bediensteten begleitet worden sein und anscheinend in Ägypten zwei Tonnen Gold grosszügig verteilt haben. Solche Geschichten verführen zu Träumen und wecken Sehnsüchte, die sich über Jahrhunderte halten können.

Aber wie sieht die Wirklichkeit heute aus? Ziemlich trostlos! Man kann diese Stadt sogar von Bamako aus anfliegen, immer vorausgesetzt, dass überhaupt geflogen wird. Sand und Dreck finden sich überall.

Vom Glanz alter Zeiten ist nichts vorhanden. Die Bevölkerung ist arm und arbeitslos.

So wirkt Timbuktu noch karger als andere Städte der Sahelzone. Ab und zu kommen ein paar Touristen, vor allem aus Amerika. Meist aber bleiben sie nur einen Tag und reisen enttäuscht weiter. Hier trafen nun nach viel Mühe und Ärger René und Henri Bertrand mit ihren Mitarbeitern, Hilfskräften aus dem Land selbst und ziemlich viel Material ein. Zunächst wischten sie sich verwundert die Augen!

Sie wohnten im Hotel Colombe, das mit zwei Sternen warb. Wofür allerdings, das war niemandem so recht klar. Man stellt dort auch nicht ungebührlich Fragen, sondern sinkt dankbar auf eine Art Matratze, die noch nicht ganz von Wüstenflöhen zerfressen ist. Dass natürlich bei dem vielen Material auch eine Wache hätte aufgestellt werden müssen, war erst recht klar, als am andern Morgen schon ein Drittel aller Apparate, Werkzeuge, Bohrmaschinen, Wasseraufbereitungsanlagen und sogar einer der Generatoren zur Stromerzeugung verschwunden waren. Wie nur konnten Diebe hier solche Dinge verhökern?

Nun, wie schon erwähnt: In Afrika hat man Zeit, und vielleicht braucht irgendwer irgendetwas in einem oder in fünf Jahren!

Von Timbuktu schleppte sich dann die beschwerliche Reise mit Kamelen, Zelten, dem noch nicht gestohlenen Gepäck als Karawane nach Norden in die Sahara, Kilometer um Kilometer hinein ins Nichts, ausser in ein paar kleine Oasen. Nichts wirkt auf das Gemüt so faszinierend, aber auch so abschreckend, ja tödlich wie Wüstengebiete von der Grösse bedeutender europäischer Länder, wo nichts, absolut nichts ist. Und dieses Nichts wollten René und Henri mit einigen anderen Enthusiasten aus Franreich umwandeln in Leben spendendes Nass.

Bevor sie in dieses Gebieten reisten, studierten sie schon seit Monaten die Gesteinsschichten und die ganzen geologischen und klimatischen Zusammenhänge und sassen tagelang in Lesesälen verschiedener Bibliotheken herum, ohne viel zu finden.

Diese sind aber vielfach klimatisiert, und oft existiert in der Nähe noch ein nettes oder gar gutes Restaurant. Theorie und Praxis klaffen schon grausam auseinander. Hier in der Sahara schmort man im eigenen Saft, hat Sand zwischen den Zähnen, in Nase und Ohr, einfach überall. Man schlürft laues Mineralwasser und kaut gedankenverloren an Datteln herum, den Blick verhangen und von der Sonne gekocht mit abgestumpften Sinnen. So kommt man im Trott der Kamele Kilometer um Kilometer nach Norden und stöhnt: „Nimmt denn diese verdammte Wüste kein Ende?"

Aber einzig dieser Satz kostet schon wieder einen Schluck Mineralwasser, das hier kostbarer ist als ein klassischer Bordeaux.

Dabei sind hier noch teilweise sogenannte Pisten eingezeichnet, wenigstens auf optimistischen Karten. Diese verschwinden dann später auch in einem Ort namens Araouane. Für Uneingeweihte waren sie schon längst verschwunden. Aber dies gab natürlich keiner der gemieteten Karawanenführer zu. Wozu auch? Die Weissen hatten ja doch keine Ahnung, und ein paar Tage länger bringt mehr Lohn.

„Ob hier Wasser zu finden ist, das weiss nur Allah. Und dies wird er gewiss nicht gerade den Ungläubigen zeigen! Hier gab es nie Wasser und wird auch keines geben. Daran ändern auch tausend Reiseberichte und Bücher, studierte Menschen nichts und niemand etwas. Insch'allah!"

René und Henri hatten zwar ein paar arabische Brocken aufgeschnappt, aber eine einigermassen sinngemässe Übersetzung war ihnen noch nicht möglich. Philippe, der mit ihnen reisende Geologe aus Paris, radebrechte ihnen oft den Inhalt solcher Ausbrüche und lächelte dazu: „Allah kann alles, und alle können nichts ohne Allah! Irgendwie bewegen wir uns bei solchen Gedankengängen aber durchaus auch in christlichem Gedankengut!"

„Schon, man sollte aber die verschiedenen Ebenen des Denkens und Forschens nicht miteinander verschieben!", meinte René. „In der Gegend von Araouane wurde meines Wissens noch nie nach Grundwasser gesucht. Leute, das wäre eine Sensation, wenn wir fündig würden."

„Vergiss nicht, wir haben von den Behörden nur die Erlaubnis, zwanzig Kilometer ausserhalb von Araouane zu suchen, um nicht mögliches Grundwasser dort anzubohren und Allahs Güte zu preisen, während am Ort selbst alles kaputt geht!"

„Was sind schon zwanzig Kilometer in der Wüste? Ein nichts bei den riesigen Distanzen. Ja, ich weiss, bei tödlicher Gefahr bedeuten sie Leben und Tod zugleich'"

„Können diese weissen Ungläubigen sich miteinander nicht in einer Sprache unterhalten, die wir auch verstehen", dachten sich viele der angemieteten Helfer. „Jetzt sprechen sie vermutlich einen Mix aus Deutsch und Französisch, und man versteht praktisch nichts!"

Ist ja auch ziemlich schwierig für einen Bewohner von Mali, Elsässer Deutsch zu verstehen. Dieser Dialekt stirbt selbst im Elsass unter der jungen Bevölkerung aus. Philipp und René unterhielten sich in

Paris in der Studienzeit gerne miteinander in diesem Idiom. Nicht lupenrein, aber wer merkte dies schon in Paris? So pflegten und lernten sie „ihre" Geheimsprache.

Die Malier, schon oft betrogen und ausgenützt, meinten vertraulich zueinander „Offensichtlich suchen all die Fachleute nach Wasser, um unseren Ärmsten des Volks im Nordens eine neue Lebensdimension zu ermöglich. Aber wer garantiert uns, dass auch hier nicht wieder neue Ölquellen gesucht und ausgebeutet werden? Sollen denn Länder wie Frankreich und die Schweiz wirklich ehrlich Probleme des Wassermangels angehen wollen? Lasst uns die Augen offen halten."

Die kleine Karawane erreichte schliesslich ihr vorläufiges Ziel Araouane. Man wäre fast darüber gestolpert, denn alles war je nach Stand der Sonne Weiss in Weiss wie der Sand, oder dann Braun in Braun wie die unendliche Wüste. „Vielleicht sind wir wirklich nur ein Häuflein Verrückter!", dachten sich die meisten Europäer. „Aber gerade daraus war zu allen Zeiten manchmal Grosses geworden!"

Und die Afrikaner dachten: „Vielleicht sind die Europäer wirklich ein Haufen Verrückter. Aber was soll's? Es bringt Abwechslung und etwas Geld. Allah allein weiss es!" Einer unter ihnen, ein gewisser Ibrahim, der einige Semester in Berlin studiert hatte, und somit auch nur noch ein halber Muslim und ein Viertel Christ und ein weiteres Viertel Atheist geworden war, mutmasste für sich: „Mal sehen, was sich da entwickelt, und dann das Bestmögliche für mich und mein Land herausholen!"

6

Die weissgelbe Sandwüste mit der leichten und wohl stets wandernden Dünung schien unendlich. Die Sonne brannte und stach erbarmungslos hernieder, und nachts wurde es manchmal sogar empfindlich kühl. Dieses Empfinden liess sich selbst im Schlafsack in den Zelten nicht vertreiben.

Die ersten Bohrungen hatte die Expedition schon hinter sich, leider aber nur lächerliche hundert Meter tief und ohne einen Hauch von Erfolg. Nach wenigen Tagen machte sich bei einigen schon ein gewisser Koller bemerkbar. „Wie tief können wir bohren?", fragte einer der Expeditionsteilnehmer. „Höchstens achthundert Meter. Sonst hätten wir für das Material beziehungsweise dessen Transport Riesenhubschrauber oder Raupenfahrzeuge benötigt. Und dies hätte wiederum Spezialbewilligungen der Regierung gebraucht, ganz abgesehen von den immensen Kosten. Aber was nicht ist, kann ja noch werden! Abgesehen davon sind uns ja auch etliche wichtige Werkzeuge, Messgeräte und sonstiges Material geklaut worden!"

Mit der Zeit maulte bereits ein Mitarbeiter: „Noch kurze Zeit, und dann ohne uns! Hier ist doch weit und breit kein Wasser zu finden!" „Weit und breit nicht, das schon. Aber vielleicht tief und tiefer!", antwortete René, worauf der Franzose meinte: „Weißt du, Henri, deinen Optimismus in Ehren, aber er ist vermutlich doch lächerlich!" Also selbst hier in der tiefsten Sahara ging die Verwechslungsgeschichte der beiden Zwillinge laufend weiter.

Nun, in diesen und ähnlichen Fällen war dies nicht weiter tragisch, eher lustig. Tragisch wurde es aber eines abends, als Henri einige Hundert Meter von seinem Zelt weg in den Sanddünen mit einer wirklichen orientalischen Schönheit sprach. Alisa, ein Araber- oder Berbermädchen von etwa zwanzig Jahren, brauner und samtener Teint, Mandelaugen, volle und sinnliche Lippen, graziöse Figur, und dazu eine Intelligenz sondergleichen, abgestellt zur Forschungsgruppe von der malischen Regierung, turtelte oft mit René herum. Und dies eigentlich ziemlich ungezwungen, wie dies die heutigen jungen Leute als selbstverständlich betrachten, es aber noch längst nicht in allen Kulturen gang und gäbe ist.

René sass heute Abend hinter seinen Aufzeichnungen über die Bodenproben und Bohrungen auf einem Klappstuhl vor einem wackligen Tisch in seinem Zelt, und Henri wollte zunächst Alisa und später auch René verständlich machen, dass sie etwas diskreter sein sollten mit der aufkeimenden Liebe, denn es gäbe im Lager vor allem bei den Mitarbeitern von Mali bissige bis böse Kommentare.

Alisa, die zum Teil auch in London studiert hatte und dabei vermutlich viel sogenanntes westliches Denken verinnerlicht hatte, war von Henris Worten zwar nicht überrascht, aber doch sehr verärgert. Sie widersprach heftig und gestikulierend und kam dabei ganz nahe an Henri heran, um ihm ihre Sicht der Dinge klar zu machen. Im Mondlicht der Wüstennacht sah dies alles von weitem eher wie eine freudige und feurige Begegnung zweier Liebender aus.

Mohammed Ben Ali Mufti beobachtete dies alles mit brennenden Augen und zornigem Herzen. Er klemmte seine Waffe mit Schalldämpfer näher an seine Backe und suchte im Zielfernrohr den Rücken seines vermeintlichen Nebenbuhlers René.. Nun war der Moment da, die Schusslinie perfekt. Ein Krümmen des Fingers, ein kaum vernehmbares „Plopp". Henri zuckte zusammen und sank stöhnend und langsam in den Sand. Bis Alisa begriff, was geschah, bildete sich bereits eine Lache Blut im Wüstensand, und Henri war in drei oder vier Sekunden tot, ohne zu begreifen, was hier geschah. Dann begann Alisa laut zu schreien und rannte auf die Zelte zu.

7

Das allgemeine Durcheinander, die Aufregung, ja das allmähliche Entsetzen war gross und übermächtig. Ein kaltblütiger Mord in ihrer Expedition von rund vierzig Leuten, das war doch unmöglich! Und doch, Mohammed Ben Ali Mufti und eines der schnellsten Reitkamele waren verschwunden.

Medizinische Hilfe war eigentlich auch nicht mehr nötig, denn Henri war wirklich mausetot. Ein klarer Durchschuss durch die Lunge, die diese nahezu zerfetzt hatte, da half nichts mehr. Im zwanzig Kilometer entfernten Araouane war auch kein eigentlicher Arzt aufzutreiben, sondern höchstens ein Quacksalber. Manchmal aber brachten diese mehr fertig als sogenannte Doktoren der Medizinheilkunde, bei Skorpionstichen, bei Magenkrämpfen, Sonnenstich und ein Dutzend anderer hier üblichen Krankheiten. Aber Lungendurchschuss?

„Hier hilft nur noch das Gebet eines Mullahs und ein Grab. Und wie lange dauerte es wohl, bis von Timbuktu ein Mediziner angereist kommt? Einen Tag, eine Woche oder mehr? Bis dann ist hier draussen die Leiche in der Hitze konserviert", tuschelten die Leute. Wichtiger war wohl hier die Polizei! Aber ob diese schneller ist? Zumal es sich beim Toten um einen Ausländer handelte, dessen Aufenthalt und Arbeit im Land für manche auch nicht so eindeutig und klar war.

Alisa weinte sich bei René aus, der seinerseits ebenfalls wie paralysiert war und einfach nicht begriff, dass dieser Todesschuss vermutlich ihm selbst gegolten hatte, und zwar aus glühender Eifersucht. Das ganze Lager war ausser Kontrolle, und es brauchte am anderen Tag viel Überzeugungskraft und viele scharfen Befehle, dass die Arbeit der Wassersuche und die Bohrungen, jetzt auf gegen achthundert Meter, weitergingen.

Eine kleine Sensation wurde dabei nahezu übersehen: Der Bohrkopf kam aus der Tiefe zwar nicht nass, aber doch etwas feucht zurück! Im allgemeinen Durcheinander wurde dies vielleicht absichtlich, vielleicht unabsichtlich übersehen oder totgeschwiegen? Der Bohrer wurde ja vielleicht auch bei der üblichen Reinigung nach jedem Einsatz etwas feucht?

René wachte nach längerer Zeit wie aus einer Trance, aus einem bösen Traum, allmählich auf, und weinte zunächst bitterlich um seinen toten Zwillingsbruder. In diesem erbärmlichen Zustand fand ihn schliesslich eine Delegation aus dem Polizei- und Justizministerium aus Bamako vor, die eigens mit einem Hubschrauber der Regierung einflog und ihn bat, zusammen mit dem Toten und ihnen zu weiteren Abklärungen in die Hauptstadt zu kommen. Auch Alisa wurde, etwas weniger höflich, ersucht mitzukommen.

Endlose, sinnlose Gespräche folgten in den nächsten Tagen in Bamako. Der mutmassliche Mörder war spurlos verschwunden. Man würde aber intensiv nach Mohammed Ben Ali Mufti fahnden und gegebenenfalls, wenn man ihn aufspürte und die ihm zur Last gelegte Tat sich als bewiesen zeigte, den Prozess machen. Was das im Klartext hiess, wussten wohl alle und schwiegen. René bat, die Leiche seines Zwillingsbruders in die Schweiz überführen zu lassen.

Er sprach zuvor telefonisch mit den völlig entsetzten und konsternierten Eltern in Montreux, die nach dem ersten Schock und Schmerz darauf bestanden, ein Grab für ihren Sohn in der Heimat zu haben. War das alles ein Papierkrieg und ein Warten sondergleichen, bis Henri
endlich in einem Spezialsarg im Gepäckraum eines Flugzeuges in die Heimat geflogen wurde. Alisa erhielt ein Touristenvisum und reiste mit René in derselben Maschine.

Es war ein praktisch wortloser, düsterer, deprimierter Flug, dessen einzige Tröstung darin lag, dass sich die beiden oft die Hand drückten und damit unausgesprochen zum Ausdruck gaben: „Wir halten zusammen, wir stehen alles miteinander durch, wir lieben uns und geben somit unserem ferneren Leben Sinn und Wärme!"

8

Bei der Trauerfeier in Montreux lachte zwar die Sonne von einem wolkenlosen Himmel, aber manche der Teilnehmenden weinten. Der Geistliche scheute sich nicht, von einer „tödlichen Verwechslung" zu sprechen und erntete damit für seine Ansprache Aufmerksamkeit. Was sich aber vor allem Eltern, René und etliche andere wünschten, blieb aus, nämlich Worte des Trostes! Gäbe es überhaupt solche? Für jemand, der an ein Weiterleben nach dem Tode glaubt, schon. Nur, das tun leider immer weniger in unserer rationalen Welt.

So trösteten sich die näheren Angehörigen untereinander so gut, wie es überhaupt möglich sein konnte in dieser Situation, nicht zuletzt mit dem Gedanken, dass Henri zwar ein sehr kurzes, aber doch auch interessantes Leben hatte. Und dann gab es am Rande noch etwas Trost mit einem guten Glas Weisswein, der an den Gestaden des Genfersees gedeiht, und der für manchen Kenner zu den spritzigsten, fruchtigsten und besten Weissweinen der Welt zählt. „Ihr Lieben, das Leben geht weiter, und wir wollen ganz im Sinn unseres Henris dieses Leben auch mit Leben erfüllen!"

Sogar Alisa trank ein Gläschen mit und fand als inzwischen nicht mehr allzu strenge Muslimin, dass der Prophet Mohammed diesen Trank vermutlich auch gemocht hätte. Nur, so weit kam er mit seinen Eroberungszügen nicht, und vielleicht wuchsen im siebten Jahrhundert am Léman auch noch keine Trauben.

In einsamen und stillen Stunden nagte aber die Trauer in manchem Herz und Hirn weiter!
Die Eltern Renés meinten eines Tages zu allem Übermass zu ihm: „Hör mal, Alisa ist ja wirklich ein reizendes Mädchen, voller Charme und Intelligenz. Aber sie kommt aus einem völlig anderen Kulturkreis, hat demnach eine völlig unterschiedliche Denkweise, eine total andere religiöse Grundlage! Kannst du dir wirklich mit ihr eine gemeinsame glückliche Zukunft vorstellen?"

Nun, diese Argumente waren ja noch nachvollziehbar. Aber was dann kam, brachte René zum Entschluss, mit Alisa möglichst schnell nach London abzureisen, und damit in eine Stadt, wie er hoffte, die global dachte. „Hat denn Alisa nicht genug Unglück über uns gebracht mit dem Tod Henris, der offenbar ja dir galt?"

Renés Antwort war kurz und knapp: „Was hat Alisa mit Henris Tod zu tun? Fragt doch mal den Mörder, wenn ihr ihm begegnen solltet!"

Die Eltern merkten, dass sie jetzt zu weit gegangen waren. Aber mit einem gesprochenen Wort ist es wie mit einem geworfenen Stein: Man kann beides nicht mehr zurücknehmen.

9

London, die alte Kapitale des British Empire, das einmal nahezu ein Viertel der Welt umfasste, ist längst nicht mehr die grösste Stadt der Welt und somit wichtigste Weltstadt,
hat aber auch heute noch seinen Reiz, seine Vielfalt, Tradition und Bedeutung. Man empfindet immer noch den Pulsschlag der Welt in den Stadtteilen und in vielen Strassen, deren Namen in unzähligen Büchern, Krimis und Filmen berühmt oder berüchtigt wurden.

René und Alisa sassen vorerst in einem Hotel beim Flughafen Heathrow und schauten stundenlang den startenden und landenden Maschinen zu. Der drittgrösste Flughafen der Welt mit 65 Millionen Passagieren wirkt einfach unheimlich und überdimensional. Doch vom Hotelfenster aus 24 Stunden lang, wenn man wollte, alle die Blech- und Kunststoffvögel zu betrachten, die von jeder Ecke der Welt hier ankamen und abflogen, regt die Phantasie schon an. Aber selbst dies wird mit der Zeit langweilig, und man kommt zurück in die raue Wirklichkeit und zu den eigentlichen Problemen.

Alisa wollte ihr Studium in Recht möglichst bald fortsetzen, sobald sie wieder eine Aufenthaltsbewilligung erhielt. Und René wusste noch nicht so recht, was er unternehmen wollte. Ein geregeltes Erwerbsleben war dringend nötig, denn London war ein teures Pflaster. Sollte er auf „seinem Gebiet" Wasser weiter arbeiten? Das Projekt Mali war für ihn mit dem Tod seines Bruders gestorben. Allerdings gab es auf diesem Gebiet gewiss noch viele Vorhaben und Projekte. Zudem wollte er unbedingt mit Alisa zusammenbleiben.

In Mali selbst löste sich die Expedition nach und nach auf, ohne nennenswerte Ergebnisse. Niemand dokumentierte den feuchten Bohrkopf in rund achthundert Metern Tiefe. Niemand wollte sich lächerlich machen, wenn dann doch alles nur ein Trugschluss war. Und wenn nicht?

„Dann werden wir von uns aus gelegentlich weiterbohren", dachten sich einige der Einheimischen. „Wir helfen uns selbst, und bei uns spielt das Jahr eines eventuellen Erfolgs keine Rolle. Wir haben Zeit. Und das nötige Material können wir uns auch selbst in Europa beschaffen!" So verlief die Sache vorläufig buchstäblich im weissgelben Wüstensand. Und in Paris wurde die Sache als erfolglos abgeschrieben. Man hatte schliesslich Wichtigeres und anderes zu tun.

Etwa zur gleichen Zeit fragte René seine Alisa, die wunderbarerweise ihr Studium wieder fortsetzen konnte: „Alisa, liebst du mich wirklich so sehr, dass du mit mir zusammen alt werden willst?"

„Aber René, das sagt doch ein Mann zu einer Frau, und so etwas sagt doch die Frau nicht zu einem Mann!"

„Also, ich sage es und frage dich, Alisa!"

„Von ganzem Herzen!"

„Damit machst du mich zum glücklichsten Mann von ganz London!"

„Nur London?", fragte Alisa etwas schelmisch.

„Nein, natürlich von der ganzen Welt! Wollen wir heiraten?"

„Von ganzem Herzen. Aber wenn ich dich als Christ heirate, werde ich in meiner Heimat geächtet, ja sogar verfolgt. Bist du ein gläubiger Christ?"

„Nicht übermässig. Ich glaube, dass es eine höhere Macht gibt, aber man sieht mich nur selten in einer Kirche!"

„Siehst du, liebster René, das ist eine Tendenz, die im Islam erst sehr langsam aufkommt.
Wenn du Muslim bist, so glaubt jedermann, dass du mit Leib und Seele daran hängst und sich alles im Leben dieser Überzeugung unterzuordnen hat. Aber ich bin sogar bereit, zur Christin zu konvertieren, um mit dir das Leben zu teilen. Somit werde ich meine Heimat Mali vergessen müssen, und meine Familie und Verwandtschaft auch."

„Warum nur sind eure Grundsätze so intolerant, ja sogar grausam?"

„Das war bei euch im Christentum früher doch auch so! In hundert oder mehr Jahren sieht vieles im Islam auch anders aus. Nur werden wir dies nicht mehr erleben", lächelte Alisa traurig.

„Komm, Liebste, ich kenne ein schönes kleines Restaurant mit Blick auf die „Gurke", den Swiss Re Tower mit seinen 180 Metern Höhe und seiner eigenwilligen Bauart ist er eine architektonische Sonderleistung! In dessen Anblick können wir besser unsere gemeinsame und vielleicht auch eigenwillige Zukunft besprechen.

10

Sie tranken eine eisgekühlte Cola mit viel Zitrone und redeten und planten in den schillerndsten Farben ihre künftigen Schritte. Kirchliche oder nur Ziviltrauung, künftiger Wohnsitz, wollen wir Kinder? Auf ein Dutzend Fragen hatten sie gleich doppelt so viele Antworten. Der Kellner schaute nicht sehr freundlich auf sie, denn die Konsumation von zwei Colas in drei Stunden ist für die Londoner City schon etwas schäbig.

Plötzlich zuckte Alisa wie vom Blitz getroffen zusammen und versteckte sich intuitiv hinter René, was ihr aber auch nichts nützte, denn auch dieser wurde erkannt! Von wem denn?

Vor ihnen stand Mohammed Ben Ali Mufti, der Mörder von Henri. Auch er war totenbleich und zu Tode erschrocken. Dann kamen stockend aber voller Wut die Worte aus seinem verzerrten Mund: „Aber du bist doch tot, du Hund! Hast du also doch überlebt?

Alisa, freue dich nicht darüber! Du bist mein, und der Ungläubige an deiner Seite wird in die Hölle fahren!"

Wie von Geisterhand, bevor René oder Alisa irgendwie reagieren konnten, war er im Gewühl der Menschen wieder verschwunden.

„Hund hat er dir gesagt", zitterte jetzt Alisa am ganzen Körper. „Das ist das schlimmste Schimpfwort in meiner Heimat! Ich werde dies rächen!"

„Wie kommt dieser Saukerl nach London? Und warum reffen wir unter zehn Millionen Menschen in dieser Stadt hier aufeinander", stotterte nun auch René.

„Entweder hat das der Scheitan oder Allah so gefügt", meinte Alisa. „Das kann doch kein Zufall sein. Vielleicht hat er sich erkundigt, in Bamako am Flughafen oder sonst wo, wohin wir abgereist sind!"

„Aber wir flogen doch nach Paris und nach Genf!"

„Es gibt überall korrupte Leute, so dass man mit etwas Geld und Glück einer Spur folgen kann!"

„Wo willst du aber nun den Mörder meines Bruders hier in London finden, Alisa?"

„Am sichersten hier! Er wird uns hier auflauern und uns dann in unsere kleine Pension folgen!"

„Also", stellte René fest, „wir müssen uns irgendwie bewaffnen, ihn zu uns locken und eine Falle stellen. Hier zur Polizei zu gehen und Anzeige zu erstatten, ist sinnlos. Bestimmt lebt er unter einem falschen Namen mit falschen Papieren hier!"

Mohammed Ben Ali Mufti, der in London unter dem Namen Mustafa Muzemba lebte und vorgab, aus dem Norden Nigerias zu stammen, wartete aber in einer Traube von Menschen an einer Bushaltestelle ganz in der Nähe auf die zwei, von denen er einen hasste wie den Teufel, die andere aber liebte. Oder hasste er Alisa auch schon? „Ich will sehen, wo sie wohnen in dieser Riesenstadt", flüsterte er, interessanterweise in Arabisch, nicht in einer Sprache von Nigeria, einem Land mit fünfhundert verschiedenen Sprachen und hundertzweiundfünfzig Millionen Einwohnern, das bevölkerungsreichste Land Afrikas, das unter grossen ethnischen und religiösen Spannungen zu leiden hatte. Da kommt es auf einen oder Hunderttausend mehr oder weniger wirklich nicht mehr an.

Ausgerechnet zu dieser Busstation kamen nach kurzer Zeit auch Alisa und René getrottet und fuhren in Richtung ihrer Pension. Für einen Wüstensohn wie Mohammed, oder jetzt eben Mustafa, war es nicht sonderlich schwierig, sich unsichtbar zu machen, zumal er westliche Kleidung trug.

Der Doppeldeckerbus zuckelte und ruckelte endlos durch den Stossverkehr der Innenstadt. In den Vororten wurde es allmählich besser. Als René und Alisa ausstiegen, drückte sich seitlich und sehr unauffällig auch ein gewisser Mustafa aus dem Bus und blieb weiterhin von den beiden nicht entdeckt, weil sie viel zu stark mit der Besprechung ihrer nächsten Schritte beschäftigt waren.

„Natürlich, sie logieren im Hotel oder in der Pension Switzerland", dachte Mustafa. „Henri ist doch ein Schweizer?! Oder ist dies gar nicht mehr Henri? Er soll doch einen Zwillingsbruder namens René haben, der ihm wie ein Ei dem andern gleicht. Habe ich sogar den Falschen umgebracht? Na, wartet: So werden eben zwei sterben. Hier oder dann in der Schweiz. Dies ist ein kleines, aber sehr reiches Land, mit vielen Banken, Uhren und feiner Schokolade. So haben wir das gelernt. Aber vielleicht auch gefährlich? Dort sei praktisch jeder Bürger auch Soldat in einer Milizarmee, und habe seine persönliche Waffe mit Munition auch ausser der Dienstzeit zu Hause. Allah, wenn es so etwas bei uns zu Hause gäbe! Daraus würde täglich an irgendeinem Ort ein Blutbad entstehen!"

Alisa und René waren während dieser Gedanken-
gänge Mustafas in ihrer Pension verschwunden. Und
dieser überlegte: „Wenn ich den Zwilling hier in
London umbringe, brauch' ich kein Visum für die
Schweiz und keine weiteren Grenzkontrollen. Aber
alles muss genau geplant werden. Heute ist dies
noch zu früh. Ich darf keinesfalls ihre Spur verlie-
ren!"

11

Mustafa wohnte – oder besser – vegetierte in der früher schon verrufenen Gegend von Soho, obschon sich dort inzwischen vieles gewandelt hatte. Bei einigen Glaubensbrüdern der radikalen Art, vielleicht waren dies auch sogenannte „Schläfer", also Terroristen, die eines Tages einen konkreten Auftrag auszuführen hatten und damit aus ihrem Schlaf erwachten, besprachen sie, wie man unauffällig einen Ungläubigen beseitigen konnte. An Ideen mangelte es nicht. Aber die Realisierung sieht doch meist etwas anders aus.

Und in ihrer auch nicht fürstlichen, aber doch bedeutend besseren Klause, besprachen René und Alisa, wie sie am besten diesen Mörder bestrafen konnten, bevor er ihnen ans Leder wollte. Da meinte René plötzlich: „Was leben wir eigentlich doch in einer Schweisswelt! Immer mehr Bildung, immer mehr Humanität, Globalisierung und hundert andere schöne Begriffe. Und dabei gilt vielerorts noch das Faustrecht und das gegenseitige Abmurksen wie vor Tausenden von Jahren!"

„Das war immer so und bleibt wohl auch so, nur mit schönen Mäntelchen von sogenannter Zivilisation verbrämt", erwiderte Alisa sehr betrübt. „Und wir zwei ändern daran nichts!"

„Aber solche wie wir zwei gibt es doch noch Millionen", meinte René.

„Also, morden wir zuerst, und dann gründen wir eine neue Partei mit dem Namen ‚Die unbestechlichen Gerechten'!", seufzte Alisa.

„Meinst du das ernst oder im Scherz?"

„Nimm es, wie du willst! Aber komm jetzt erst und küsse mich!"

Aber selbst auf ihrer Liebe lag nebst aller Süsse heute ein bitterer Beigeschmack, als legten sich Schatten künftiger Ereignisse schwer auf sie.

So kamen die beiden zum spontanen Entschluss, die Vergangenheit endgültig hinter sich zu lassen, London zu verlassen und zurück in die Schweiz an den Genfersee zu ziehen. Etwa zehn Tage später mieteten sie sich in einer kleinen Wohnung in Vevey ein. „Mohammed oder wie der Kerl auch heisst, weiss ja nicht einmal, dass es in der Schweiz einen Ort solchen Namens gibt", trösteten sich René und Alisa.

René fand bei einem der grössten Nahrungsmittel-konzerne der Welt bald eine Anstellung, die ihn zwar nicht vollumfänglich befriedigte, aber die immerhin das nötige Kleingeld brachte, um zu leben.

Auch die Bertrands fanden sich wohl oder übel damit ab, dass die zwei immer unzertrennlicher wurden und die Hochzeit planten. Irgendwie kam sogar bei ihnen doch auch Freude auf.

12

Mustafa lungerte tage- und nächtelang vor dem „Switzerland" in London herum und sah niemand und nichts. Er fasste sich ein Herz und gab sich an der kleinen Rezeption als Verwandter von Alisa aus Mali aus, mit dem Wunsch, sie zu besuchen und zu überraschen.

„Die nette braunhäutige Dame?", meinte die offensichtlich dem Alkohol zugetane Frau an der Rezeption. „Die ist mit ihrem Verlobten vor einigen Tagen schon abgereist. Ich glaube sogar in die Schweiz!"

„In die Schweiz?", fragte Mustafa etwas dümmlich, was aber nicht bemerkt wurde. „Könnten Sie mir verraten, wohin denn dort?"

„Hören Sie mal, selbst wenn ich das wüsste, dürfte ich Ihnen dies doch nicht mitteilen. Aber ich weiss wirklich nicht, wohin die beiden in der Schweiz gezogen sind!" Bei diesen Worten liess Mustafa das Springmesser, das er krampfhaft in seiner Tasche umfasst hatte, wieder los und stürmte wortlos aus der kleinen Herberge.

„Blöder schwarzer Lümmel!", zischte die Alkoholikerin an der Rezeption und nahm einen tüchtigen Schluck Gin aus der bald wieder leeren Flasche. Wenn sie geahnt hätte, in welcher Gefahr sie einen Moment schwebte, wäre die Flasche wohl sofort leer geworden.

Mustafa und einige seiner neuen Freunde versuchten es am Flughafen. „Aber zum Teufel, London hat ja deren fünf! Nun, nehmen wir zunächst mal Heathrow. In die kleine Schweiz werden ja gewiss nicht so viele Flugzeuge unterwegs sein!"

„Von wegen nicht viele. Man ist hier wirklich nicht in Afrika. Nach Zürich, Genf, Basel, Bern, sogar Lugano und Charter nach Samaden usw. fliegen ja täglich Schwärme von Maschinen. Wann sind sie weg und wohin?"

„Versuchen wir es mal mit Genf! Ich weiss nicht warum, aber dieser Name hat in meinem Kopf einen Widerhall!", konstatierte Mustafa. Mit rührseligen Geschichtchen und Bitten und Betteln erhielt einer der Burschen tatsächlich den knappen Hinweis, dass vor einer Woche die zwei Gesuchten oder Vermissten einen Flug nach Genf gebucht hätten. Der Schalterbeamte war so genervt und wollte endlich seine

Ruhe haben, dass er sich zu dieser Äusserung hinreissen liess. Hier im proppevollen Flughafen hätte das Messer von Mustafa nichts genützt.

Drei Tage später erreichte er mit einem Touristenvisum und einem Billigflieger zum ersten Mal in seinem Leben die Schweiz. Genf nennt man gern auch „Petit Paris". Und Mustafa war schon etwas geblendet von all dem Wohlstand und Reichtum in dieser Stadt.

Was er zum Glück nicht wissen konnte: Hier hatten schon zu den Zeiten des Sklavenhandels reiche Privatbankiers an diesen scheusslichen Geschäften auch Geld verdient. Aber wer redet denn heute noch davon? Genf ist doch UNO-Stadt, Sitz des Roten Kreuzes, des Völkerbundes und weiss nicht was alles. Das zählt!

13

Immerhin ist der Genfersee der zweitgrösste See Mitteleuropas mit einer Länge von nahezu hundert Kilometern. Grosse und kleine Städte sowie viele Dörfer zieren die Küste vor allem auf der Schweizer Seite, aber auch in Savoyen in Frankreich. „Wie viele Menschen leben hier? Eine Million oder zwei? Und wo finde ich hier Alisa und ihren Ungläubigen?" fragte sich zum hundertsten Mal Mustafa. „Am Flughafen bekomme ich diesmal gewiss keine Auskunft, denn kein Passagier erzählt wohl einem Beamten von sich aus, wohin er geht. Aber Alisa ist aus Mali. Sie musste sich vielleicht beim Einwohneramt, oder wie das hier heisst, melden. In Europa herrschen da ja genauere Regeln."

Mustafa fand bald heraus, dass Wohnen hier in Genf exorbitant teuer ist und dass viele monatelang oder länger nach einem Platz suchen müssen. Die Stadt zählte gewiss zu den allerteuersten Pflastern der Welt. „So werden die von mir Gesuchten kaum hier sein, auch nicht in einem Hotel. Der obere Teil des

Sees, oberhalb der Stadt Lausanne, muss sehr schön und malerisch sein.

Gut, ich habe Zeit und kann von Brot und Wasser leben. Wir Afrikaner haben Zeit, aber auch Ausdauer. Ich reise mal weiter nach Montreux. Dort soll es ein schönes altes Château geben mit dem unaussprechlichen Namen Chillon. Vielleicht höre und sehe ich dort mehr!"

Schloss Chillon, auf einer Felseninsel um 1000 nach Christus gebaut, hat eine sehr bewegte Geschichte und ist wohl die schönste Wasserburg der Schweiz. Noch heute lockt die Burg jährlich Hunderttausende von Besuchern an. Im Mittelalter lag hier eine ertragreiche Zollstation. Der Schiffsverkehr und der bedeutende Landweg zum St. Bernhard-Pass wurden von hier aus beherrscht. Sogar Mustafa, der in Afrika nichts dergleichen gesehen hatte, war ziemlich beeindruckt, doch immer beherrscht vom Gedanken, seine Opfer zu finden.

Kommissar Zufall half dabei, denn am gleichen Tag besuchten auch Alisa und René dieses berühmte alte Gebäude. Sie begegneten sich wie damals in London urplötzlich in einem der alten Säle auf der Seeseite, die durch schmale Fenster etwas Licht erhielten. Wieder waren im ersten Moment alle drei wie vom Schlage getroffen, fassten sich aber relativ schnell und stürmten aufeinander los, und zwar auf Leben und Tod.

Wie viele Dramen sahen diese alten Mauern und Steine wohl in den tausend Jahren ihrer Geschichte? Es sollte sich hier ein weiteres abspielen, denn in diesen Augenblicken waren die drei allein in dem Rittersaal.

Mustafa war mager und hager geworden bei seinem Europa-Aufenthalt. Er benötigte sein Geld für Reisekosten und miese Unterkünfte und ernährte sich meist nur von in Supermärkten geklautem Brot und Wasser aus öffentlichen Brunnen, das aber immer noch sauberer und reiner war als das in Afrika. Aber ein neues Stellmesser kaufte er sich in Genf als erstes. Jetzt umfasste seine schweissnasse Hand dieses hastig, indem er auf Henry oder dann eben René zuhechtete. „Stirb endlich, du Hund!", schrie er diesem auf Englisch zu und spuckte ihm zu allem Übel dazu noch ins Gesicht. René sah die Klinge aufblitzen und schlug mit seiner Rechten mit aller Härte zu, so dass er nur leicht verletzt wurde. Dann, nach einem weiteren heftigen Schlag mit seinem Knie in Mohammeds alias Mustafas Genitalien, so dass dieser einen Moment zusammenklappte und nach Luft schnappte, packte er ihn um die Hüfte, und schrie zu Alisa: „Um Himmels Willen, hilf mir"! Beide schleppten ihn zu einem dieser schmalen Fenster und stiessen ihn mit aller Kraft hinaus. Viele Meter tief, noch benommen vom Schlag, stürzte Mustafa in den See und verschwand im Wasser. „Afrikaner können meistens nicht schwimmen", pustete Alisa. „Ist der See hier tief?"

„Tief genug!", stöhnte René auf und bemerkte erst jetzt seine ziemlich blutende Wunde an seinem Arm.

Alisa meinte bei diesem Anblick zutiefst erschrocken: Wir müssen sofort zu einem Arzt!"
„Nein", entgegnete René, „sofort nach Hause! Auch wenn der Kerl ersoffen ist, so kommt die Leiche bald wieder nach oben und wird gefunden und untersucht. Dann müssen wir weit weg sein!" An das blutige Messer von Mustafa, das immer noch am Boden lag, dachten sie nicht!

14

Die Wunde am Arm war nicht so schlimm und musste nicht genäht werden, stellten die beiden in ihrer Wohnung in Vevey zur grossen Erleichterung fest. Schon am nächsten Tag hörten sie im Lokalradio und lasen in der Zeitung vom Fund eines ertrunkenen Afrikaners beim Schloss Chillon. Nähere Abklärungen seien im Gange.

„Da rettet das Wasser vielen das Leben, und andere kommen im Wasser um", meinte René ziemlich zerknirscht, und doch auch dankbar, dass Alisa und er der tödlichen Gefahr entkommen waren.

Aber die Gefahr war noch nicht vorbei. Mustafas neue „Brüder" in London hörten längere Zeit nichts mehr von ihm. Sie waren, je länger im Westen, so voller Hass und mit Neid erfüllt, angepeitscht durch radikale Imame, dass zwei von ihnen in die Schweiz reisen wollten, um nach ihm zu sehen.

Touristen aus Schwarzafrika sind zwar nicht so willkommen wie aus Japan oder China. Aber man wusste ja nicht, ob sich nicht darunter verkappte Millionäre verstecken. So erhielten sie nach einiger Zeit ein Einreisevisum als „Ferienhungrige". Ein gewisser Duncan Nofrete aus Sambia und ein Suleiman Mufama aus Malawi, beides strenggläubige Moslems, reisten ebenfalls nach Genf und erlebten dort ähnliche Gefühle wie zuvor Mustafa.

Allerdings waren da zu ihrem Vorgänger schon grosse Unterschiede vorhanden. Duncan und Suleiman bemerkten erst gar nicht, dass das andere Ufer des Genfersees bereits Frankreich war. Man sprach ja überall französisch. Erst als sie bei ihren Pirschzügen plötzlich wieder an einer Grenze standen, fragten sie sich, wo denn nun wohl Mustafa zu suchen sei. In Genf selbst wird auch relativ viel Englisch verstanden und gesprochen, so dass sie sich in „ihren Kreisen", vor allem auch nach einem Moscheebesuch, viele Fragen beantworten lassen konnten. Nur nicht die Frage nach dem Verbleib von Mustafa. Dazu kam, dass die Fremdenpolizei die beiden sogenannten Touristen diskret überwachte, da sie kein richtiges Logis hatten, sondern eigentlich eher herumlungerten. Kommissar Zufall spielte diesmal auch nicht mit. Noch nicht!

Aber René lief ihnen selbst bei einem Besuch in Genf, bei der Aussenstelle der früheren Firma in Paris, in der er noch abschliessende Gespräche durchführte, direkt an der Rue du Montblanc in die

Arme. Duncan und Suleiman erkannten ihn auf Grund von Fotos, die sie noch von Mustafa bei sich trugen. Ob diese Aufnahmen Henry oder René zeigten, war unwesentlich, denn sie glichen sich ja für alle zum Verwechseln.

Forsch gingen sie auf René zu und meinten zu ihm in ziemlich barschem Englisch: „Hello, Mister Bertrand, how are you?"

Erstaunt und etwas erschrocken sah René die beiden ihm unbekannten Schwarzen auf sich zukommen. Sie schüttelten ihm unaufgefordert die Hände, umfassten ihn aber dabei wie ein Schraubstock. „Keinen Muckser, folge uns, sonst stechen wir dich hier auf der Strasse nieder wie ein Schwein! Wir haben einige Fragen an dich!"

Sollte René schreien, um Hilfe rufen, hier auf der Strasse es darauf ankommen lassen, ob etwas an der Drohung der zwei jungen Schwarzen ist? „Ich gehe mal freiwillig mit. Vielleicht ist alles ein Irrtum! Irrtum? Aber woher kennen die meinen Namen?"

Die beiden schubsten René Meter um Meter auf der belebten Strasse weiter, ohne dass einer der vielen Passanten davon richtig Kenntnis nahm. Wie wenig man sich doch um das kümmert, was sich um uns abspielt.

„Vielleicht machen die drei jungen Männer auch nur Spass oder lümmeln sich durch Genf!", dachten sich etliche und schüttelten den Kopf. So gelangten sie schliesslich unter die Brücke am Pont du Montblanc, und René meinte jetzt, echt geschockt und auch wütend: „Jetzt aber: Was wollt ihr Idioten von mir?"

„Wie geht es unserem Freund und Bruder Mustafa, den du und deine kleine Hure in London getroffen haben? Entweder wir erhalten eine klare Antwort, oder du wirst nach afrikanischer Art ziemlich grausam gefoltert!"

„Mustafa? Nie gehört! Kenne ich nicht!"

Ein Finger knackte scheusslich in Renés linker Hand. Vermutlich war er blitzschnell gebrochen worden, und der Gepeinigte schrie förmlich auf. „Nochmal so etwas, und ihr Saukerle kommt nicht mehr aus Genf hinaus", schleuderte er schmerzverzerrt den beiden ins Gesicht.

„Nie gesehen? So etwas! Er wollte dich doch schon in Mali umlegen!"

Allmählich dämmerte es René, dass diese verfluchte Eifersuchtsgeschichte nie ein Ende nehmen würde, und er stotterte: „Ihr meint Mohammed? Der ist festgenommen und abgeschoben worden in seine Heimat!"

Wieder ein Schrei, und der zweite Finger knackte mit grausigem Ton. Einer der Schwarzen war mit diesem scheusslichen Tun offensichtlich sehr vertraut, währenddessen der zweite René so umklammerte, dass dieser sich praktisch nicht bewegen konnte.

„Das wüssten wir, und zwar von ihm selbst, du blöder Wassersucher. Hier hat es Wasser genug! Wir können dich auch langsam ersäufen! Wasser kann Leben und Tod bedeuten! Also rede oder stirb!"

Plötzlich sah René zwei Streifenpolizisten daherschlendern und schrie wie am Spiess: „Hilfe, diese zwei Kanaillen wollen mich umbringen!"

Als die Polizisten nun doch aufmerksam wurden und auf die drei zukamen, verschwanden die Schwarzen sehr schnell im Gewühl des Verkehrs auf der Brücke. René erzählte trotz starker Schmerzen den beiden eine Geschichte, die teils der Wahrheit entsprach und teils erfunden war. Die ganze Wahrheit hätte ihn ja in grösste Schwierigkeiten gebracht.

„Wollen Sie Anzeige erstatten? Sie müssen sofort zu einem Arzt oder ins Krankenhaus!"
Einer der Uniformierten telefonierte bereits.

„Keine Anzeige, aber einen Arzt brauche ich wohl dringend!"

15

Alisa wurde in der Wohnung in Vevey immer unruhiger. René meldete sich so lange nicht aus Genf, und er wollte doch heute Abend wieder zurück sein. Vor ihr lag ein Zeitungsbericht über den sonderbaren Toten beim Schloss Chillon. Dieser habe einen Pass bei sich gehabt als Bürger Nigerias namens Mustafa und sei wohl ertrunken.

Aber die Ursache des Ertrinkens sei zuvor ein heftiger Aufschlag mit seinem Schädel an einem im Wasser liegenden Fels gewesen. Seltsam wäre auch ein Stellmesser mit Blut, das nirgends zugeordnet werden könne und am Boden des Saales lag, mit den Fingerabdrücken des Toten, der vermutlich von dort aus durch ein Fenster in die Tiefe gelangt sei.

Ein Rätsel sei ferner, wie der Mann durch das schmale Fenster in den See stürzte. Von allein und ohne fremdes Zutun sei dies unvorstellbar. Es folgte eine Bitte an alle Besucher des Schlosses an jenem Tag, auch kleinste Vorkommnisse der Polizei zu melden.

Alisa erinnerte sich mit Schaudern an jenen Tag. Sie würde sich hüten, der Polizei nur ein einziges Sterbenswörtchen zu berichten. „Warum ruft René nicht an oder kommt endlich zurück aus Genf? Was ist passiert? Ich will doch dies alles mit ihm besprechen!"

Plötzlich und doch endlich schepperte das Telefon. Aufgeregt und am ganzen Leib zitternd nahm Alisa ab und meldete sich nur knapp mit „Ja"!?

„Alisa, ich bin's, René! Ich bin noch in Genf; aber keine unnötige Sorge. Morgen früh bin ich wieder zurück bei dir. Es gab da einen kleinen Zwischenfall!"

„Was für einen Zwischenfall? Hängt das mit Mohammed, oder besser gesagt mit Mustafa zusammen?", stotterte sie aufgeregt hervor.

„Wieso kommst du denn darauf?"

„Hier sind die Zeitungen voll mit dem unbekannten Toten von Chillon! Aber sag mal, Liebling, was ist denn mit dir?"

„Ich habe durch eine Ungeschicklichkeit zwei Finger meiner linken Hand gebrochen und musste darum schnell ins Spital, um alles behandeln zu lassen. Keine Sorge, es ist nur eine Kleinigkeit, und ich erzähle dir alles später! Nur, für heute Nacht fahren keine Züge mehr nach Vevey. Also, schlaf recht gut und bis morgen!"

„Nehmen denn die Überraschungen kein Ende? Bitte komm morgen so bald wie möglich nach Hause!"

„Natürlich, denn wir wollen doch so bald wie möglich heiraten!"

„Ja, und aus dieser wunderschönen Gegend nachher wegziehen auf eine einsame Insel!"

„Dort wäre es uns sicher bald zu langweilig!"

16

Das Wiedersehen am nächsten Tag um etwa zehn Uhr war ein Mischmasch zwischen Sorge und Freude, zwischen Zukunftsangst und Unternehmungsfreude.

Nachdem Alisa die ganze Story aus Genf gehört, aber keinesfalls innerlich verarbeitet hatte, beschlossen sie und René, um endlich auf andere Gedanken zu kommen, sich beim Standesamt in Vevey anzumelden und die Heirat zu beantragen.

„Hoffentlich genügen den Beamten hier deine wenigen und etwas komischen Papiere aus Mali, Alisa, um unsere Vermählung zu beantragen sowie einen Schweizer Pass für dich!" seufzte René. „Wir können leider niemandem die ganze Geschichte erzählen, ohne in endlose Untersuchungen und Befragungen hineingezogen zu werden. Vielleicht helfen uns dabei auch noch das Renommee und die Beziehungen meines Vaters. Komm, packen wir's an!"

„Ich werde meinen Eltern und der ganzen Familie nur schreiben, dass ich mein Studium in der Schweiz fortsetzen und hier leben werde und dass es mir gut gehe. Sonst haben wir nicht nur eine Familienfehde, sondern einen Krieg!"

„Also, eine eventuelle kirchliche Trauung später! Jetzt wollen wir nur zivilrechtlich heiraten."

„Geht denn das hier?", meinte Alisa erstaunt.

„Aber natürlich! Warum denn nicht?"

„Weil im Islam die Religion vor dem staatlichen Recht kommt! Nein, eigentlich gibt es nur ein religiöses Recht, dem sich der Staat unterordnet!"

„Darüber streiten sich auch eure Imame, die Ajatollahs und wie die Geistlichen alle heissen! Aber wir streiten nicht, wir heiraten und gehen hernach auf eine ausgiebige Hochzeitsreise. Ich habe jetzt gerade noch einen Monat Zeit, bis ich meinen Job in Vevey antrete."

Es wurde schliesslich eine ziemlich nüchterne und fade Zeremonie, zur Enttäuschung der Eltern Renés, als sich das Paar schliesslich das Jawort vor dem Zivilstandsbeamten gab. Als Trauzeugen amteten zwei ehemalige Schulkollegen des Bräutigams, wobei der weibliche Teil etwas eifersüchtig wirkte, denn auch Anita Schäfer aus Montreux hatte mal beide Augen auf René geworfen, obschon der hübsche Simpel einfach nichts merkte oder merken wollte.

„Nun, vielleicht geht das mit dem ‚Schokoladen-Mädchen', die ja wirklich eine Schönheit ist, eines Tages doch wieder auseinander. Und dann muss ich deutlich werden!", dachte sich Anita.

Die Hochzeitsreise begann bereits am nächsten Tag von Genf aus durch das schöne Rhonetal nach Marseille. René wollte, dass auch seine Frau die Schönheiten Frankreichs kennen und lieben lernte.

17

Renés gebrochene und geschienten Finger schmerzten ihn ab und zu schon noch, aber auf ihrer schönen und romantischen Reise durch das Rhonetal mit den sinnlichen und zärtlichen Nächten dachte er nicht mehr an seine lädierte Hand. Er liebkoste sogar mit dieser Alisas wunderschöne Brüste, ja ihren ganzen seidenen und vor Erregung heissen Körper.

Sie besuchten berühmte Städte wie Lyon, Valence, Avignon mit den alten Papstpalästen, bei deren Geschichte und Besichtigung Alisa doch in Staunen und Verwunderung geriet und meinte: „Die Christenheit hat ja so eine vielseitige und manchmal eigentümliche Geschichte, dass man sich manches fragen muss!"

Darauf meinte René nur: „Deine Religion aber auch, denn Mohammed wollte mit dem Schwert und mit Blut alles und alle unterwerfen!"

„Die Spanier mit ihren Kanonen auch! Und wie war das gleich mit den Kreuzzügen?"

„Komm, Liebling, verschieben wir solche Diskussionen auf später. Das ergibt nämlich Stoff für sonst unzählige, langweilige Fernsehabende. Jetzt sind wir auf der Hochzeitsreise!"

„Drückeberger!", maulte Alisa, aber listig lächelnd. „Also später. Aber nicht vergessen!"

Sie erfreuten sich an den wunderschönen Stimmungsbildern in der Camargue, mit deren weissen Pferden, bewunderten Arles, und bogen schliesslich ab nach Marseille, der zweitgrössten Stadt Frankreichs. Die Stadt ist auch Sitz eines Grossmuftis und Zentrum des Islams in Frankreich.

„Wie viele Moslems leben eigentlich in Frankreich?", fragte Alisa ganz harmlos und so nebenbei René.

„Das weiss niemand so genau", erwiderte René und wollte gleich sagen „zu viele", konnte dies aber im letzten Moment noch verschlucken.

„Was wolltest du noch sagen? Etwa zu viele für Frankreich und für dich?", konterte aber jetzt Alisa.

„Aber nein! Wie kommst du auf eine solche Idee?"

„Ich lese nicht nur Bücher! Ich lese auch in deinem Gesicht! Bist du überhaupt gegen diesen Glauben?"

„Ich bin nicht gegen jeglichen Glauben. Ein solcher muss nur ohne Machtausnützung, Politik, Fanatismus, Blut und Zwang sein, sondern freiwillig und aus innerer Überzeugung!"

„Ist er das bei dir?"

„Ich lerne noch", konstatierte René.

„Gerne lerne ich mit" reagierte Alisa spontan. „Was schauen wir uns heute an?"

„Kennst du Alexandre Dumas Roman ‚Der Graf von Monte Christo'?"

„Das ist eines der ersten Bücher, das ich in Englisch gelesen habe und das mich begeisterte",
strahlte Alisa.

„Also gehen wir heute auf das Château d'If, das ja gerade durch dieses Buch berühmt wurde.
Hast du Lust?"

„Lust schon; nur habe ich auch schlechte Erinnerungen an Châteaus am oder im Wasser!"

Diese heutige Touristenattraktion liegt wirklich als alte Trutzburg, malerisch und etwas unheimlich mit ihren Rondellen und Türmen eine Seemeile von der Küste von Marseille auf einer Felseninsel. Die Idee

Alexandre Dumas', seinen Helden Edmond Dantès dort vierzehn Jahre im Gefängnis einsitzen zu lassen, entstammt vielleicht der Tatsache, dass die Burg jahrhundertelang tatsächlich als Gefängnis diente und dort unter anderem 3'500 Protestanten eingekerkert waren.

Mit unbeschreiblichen Gefühlen verliessen René und Alisa das Touristenboot und betraten dieses besondere Stück Land und das Schloss. Irgendwie war sogar ein nüchterner Mensch wie René bewegt, innerhalb dieser Mauern und fast sprechenden Steinen zu weilen. Da, war das ein Verehrer von Dumas' Romanidee, gar das Fremdenverkehrsbüro von Marseille oder hatte das einfach aus Jux jemand hingekritzelt? Über dem Eingang eines Verliesses stand doch tatsächlich zu lesen: „Hier darbte und litt Edmond Dantès, der spätere Graf von Monte Christo."

„Blödsinn", ereiferte sich René, „er war ja nur eine Romanfigur und demnach nie hier!" Und doch, wie viele vielleicht ähnliche Schicksale hatten sich hier abgespielt? Man hörte mit ein bisschen Fantasie sogar die Geschütze donnern, die in jener Geschichte nach der Flucht abgefeuert wurden.

„Komm, Alisa! Gehen wir zurück nach Marseille. Hier könnte man ja bald noch die Wirklichkeit mit der Fiktion verwechseln."

War dies nun Fiktion oder Wirklichkeit? Als die beiden wieder in einem Boot zurück Platz nahmen, meinte René für Augenblicke, den Schwarzen zu sehen, der ihm doch tatsächlich in Genf zwei Finger gebrochen hatte. Und das Verrückte an der Sache war, dieser Schwarze starrte auch ihn an wie ein Gespenst und durchbohrte mit seinen Blicken förmlich Alisa.

Es war leider traurige Wirklichkeit. Der Schwarze folgte den beiden im nächsten Boot!

18

Im Hotel Vieux Port, also wie der Name schon sagt, am alten Hafen gelegen, verbrachten bis jetzt René und Alisa romantische und glückliche Tage. Heute sollte diese Zeit abrupt zu Ende sein. Duncan Nofrete folgte den beiden in sicherem Abstand und liess das Hotel nicht mehr aus den Augen. Er wollte Alisa entführen und diesen Schweizer umbringen. Die Umstände kamen ihm entgegen, denn nach einiger Zeit verliess René allein das Hotel. Alisa musste demnach in ihrem Zimmer sein.

An der Rezeption gab er sich in einem Mischmasch aus Französisch und Englisch als deren Schwager aus und bat um die Zimmernummer. Der Concièrge war ebenfalls ein Afrikaner, vielleicht sogar ein Moslem. Jedenfalls brauchte es keine grossen Überredungskünste, bis Duncan die Nummer erhielt und die Treppe hoch eilte.

„Warum läutet René?", dachte sich Alisa. „Er hat doch die Schlüsselkarte mitgenommen und wollte nur schnell ein Päckchen Zigaretten und etwas Süsses zum Naschen gleich um die Ecke kaufen!" Als sie öffnete, stand vor ihr ein völlig fremder Schwarzer.

„Alisa, ich muss mit dir reden!"

„Aber ich mit dir nicht", erwiderte sie erschrocken und wollte die Türe zuschlagen. Duncan hatte aber schon den Fuss dazwischen, und unglücklicher Weise war im ganzen Flur im Moment kein Mensch. „Mein Mann kommt jede Sekunde zurück!", stammelte sie, denn irgendwie fühlte sie, dass von dem Kerl Gefahr ausging.

„Gut, auch mit ihm habe ich etwas zu besprechen!"

„Also, beweisen Sie Anstand und warten Sie auf uns an der Bar. In zehn Minuten sind wir dort!"

„Zehn Minuten? Das sind zehn Minuten zu lang", zischte Duncan und bugsierte Alisa grob ganz ins Zimmer und auf einen Fauteuil. „Dein Verehrer und künftiger Mann wartet auf dich, und wir zwei werden zusammen eine grössere Reise unternehmen, nach Lagos in Nigeria!"

„Du bist verrückt! Ich habe keinen Verehrer in Afrika und bin seit vierzehn Tagen glücklich verheiratet!"

„Mit diesem Christenhund? Wer hat euch denn getraut? Der Grossmufti von Marseille?"

Inzwischen war René endlich zurück im Hotel, und der schwarze Mann an der Rezeption meinte: „Ihre Frau hat Besuch von ihrem Neffen"!

„Wo ist sie", fragte René ganz aufgeregt.

„Ich denke, zusammen mit dem Neffen im Zimmer!"

„Alle Teufel, sie hat doch keinen Neffen! Bitte, kommen Sie mit und helfen Sie, falls was Ungehöriges geschieht!"

„Ich darf meinen Platz hier nicht verlassen. Aber wenn Sie Bedenken haben, kann ich für Sie Hilfe anfordern."

„Das dauert zu lange", schrie René förmlich auf und hechtete davon Richtung Zimmer. Wie meistens, wenn man aus Sorge oder Wut blindlings losrennt, wird man unvorsichtig. So erhielt René bei seinem Sturm ins Hotelzimmer einen heftigen Schlag auf den Kopf, der ihn einen Moment zu Boden schickte. Er hörte zwar noch wie aus weiter Ferne den Schrei seiner Alisa und sah verschwommen das Grinsen des Schwarzen. Dann wurde es für einige Zeit dunkel um ihn.

Nach einer kleinen Ewigkeit, oder waren es nur ein paar Sekunden?, hörte René Duncan sagen. „Nun schmerzen nebst den Fingerchen auch noch der Kopf! Aber bald schmerzt dich nichts mehr, denn jetzt ist die Zeit gekommen, dass ich dich absteche wie ein Schwein!"

Der Lärm im Zimmer lockte nun doch andere Hotelgäste und auch dienstbare Geister an, die sich lauschend vor der Zimmertür versammelten. Diese spannende Lauscherei nahm ein plötzliches Ende, als einer der Hotelangestellten aufgeregt meinte: „Hier drin bahnt sich eine Katastrophe an. Wollen wir die Polizei rufen? Das könnte schon zu spät sein! Oder wollen wir selbst eingreifen? Vielleicht kommen wir dann für unseren Mut ins Fernsehen?"

„Türe auf und nachsehen!", meinte einer der Hotelgäste. „Endlich läuft mal was in unserem sonst so ruhigen und beschissenen Leben!"

Zur Verblüffung der ganzen Gruppe war die Türe nicht abgeschlossen, sondern liess sich normal öffnen. „Mon Dieu, meine Herrschaften, hier ist nicht der Zimmerservice, sondern eine private Hilfsgruppe, die euren vermutlichen harten Disput schlichten will", meinte der Hotelgast, der schon vorher der Wortführer war, als er den mit einem Messer bewaffneten Schwarzen und den am Kopf blutenden Mann am Boden liegen sah.

Langsam wurde René, aus dessen kleiner Kopfwunde immer noch Blut auf den Teppich tropfte, wieder wach. Duncan Nofrete schaute die Gruppe, die inzwischen das halbe Zimmer füllte, sehr nervös und entgeistert an. „Jetzt kann ich meinen Plan leider nur zur Hälfte durchführen", dachte er blitzschnell. Alisa war so entsetzt und gelähmt von der ganzen Situation, dass sie selbst mit offenem Mund im Moment kein Wort hervorbrachte. Geschickt liess Duncan sein Messer in der Tasche verschwinden und erklärte:

„Meine Damen und Herren, entschuldigen Sie den Lärm! Der Dreckskerl, den ich zu Boden schlug, wollte meine Halbschwester hier, die Alisa, die er auf mysteriöse Weise auf sein Zimmer schleppte, vergewaltigen. Zum grossen Glück bin ich dieser geplanten Sauerei auf die Schliche gekommen und konnte das Schlimmste verhindern. Komm, Alisa, sehen wir von einer Anzeige ab und gehen wir!"

Alisa selbst war über diese Frechheit dermassen geschockt, dass sie sich erst zu wehren begann, als sie Duncan schon mit eisernem Griff unter der Türe hatte. Ein Hotelkellner erwiderte ganz aufgeregt: „Das ist doch Frau Bertrand aus der Schweiz! Lassen Sie sie augenblicklich los!"

„Schon wieder ein bestochener Hotelangestellter! Mit Geld kann man ja fast alles kaufen! Beachten Sie sein Geschwafel einfach nicht", bellte Duncan zornig und drückte Alisa vor sich her die Treppe hinunter.

Die Gruppe im Zimmer diskutierte aufgeregt miteinander, wobei fast jeder seine eigene Version der Situation zu erklären suchte. Dadurch verstrichen wertvolle Augenblicke, in denen Duncan mit Alisa gewaltsam zum nahe gelegenen alten Hafen eilte. Auch als der Hotelangestellte mit seinem Handy die Polizei anforderte und von einer Entführung berichtete, benötigte dies kostbare Minuten, in denen der Schwarze mit Alisa untertauchen konnte.

Als René endlich stöhnend aufstand und starr vor Wut und Verzweiflung Klarheit schaffen wollte, war alles schon zu spät, denn im alten Hafen von Marseille lichtete ein mittleres Schiff arabischer Bauart den Anker und steuerte bald dem offenen Meere zu.

19

Der alte Hafen in Marseille war nur noch reserviert für private Besitzer von Booten und Schiffen. Es brauchte schon gewisse Beziehungen, dort anzulegen.

Duncan Nofrete und Suleiman Mufama besassen oder beschafften sich offensichtlich solch ein Privileg. Wenn man bedenkt, wie viele Bewohner und Einwohner von Marseille aus dem Magreb, also aus den ehemaligen Kolonialgebieten Frankreichs, stammen, ist es nicht sehr verwunderlich, dass entsprechende Papiere beschafft werden konnten, und die beiden mit ihrem Schiff, das eher einem früheren „Seelenverkäufer" als einem Gefährt der „christlichen Seefahrt" glich, ein Anlegerecht im Vieux Port erhielten.

Die „Kalif von Bagdad", so der Name ihres Schiffes, lag schon einige Tage in diesem Hafen. Und die interessierten Touristen Duncan und Suleiman erkundeten fleissig die Stadt mit ihren Sehenswürdigkeiten. In Wirklichkeit warteten sie aber auf René und Alisa. Sie wollten René endlich umbringen und Alisa zu ihrem Freund Mohammed alias Mustafa bringen.

Woher aber wussten die beiden um das Reiseziel von René und Alisa, eben die Mittelmeerstadt Marseille?

Damals in London hatten Duncan und Suleiman von ihrem Freund Mustafa, den die beiden jetzt in Lagos, Nigeria, vermuteten, einiges über René und Alisa erfahren. So auch, dass die beiden vermutlich heiraten wollten, und dies am Genfersee in der Schweiz. Mustafa hatte entsprechende Gesprächsfetzen der beiden aufgeschnappt. Aus Genf selbst berichtete er ihnen laufend telefonisch von seinen Eindrücken und seiner Suche. Sein letzter Anruf kam aus Montreux, kurz vor seinem Tod. Also schlichen die beiden schwarzen Touristen nach dem Überfall auf René in Genf bald auch in Montreux umher und suchten systematisch die ganze Gegend ab, so auch Vevey.

Dort sassen sie eines Tages in einem schön gelegenen Gartenrestaurant und lauschten einem Paar am Nebentisch, das eifrig von dem neu getrauten Paar René und Alisa plauderte, das nun die Hochzeitsreise mit ihrem eigenen Auto nach Marseille unternehmen werde. Anita Schäfer, die eifersüchtige Trauzeugin, meinte zu ihrem Gesprächspartner:

„Wenn René diesen Schritt eines Tages bereut, bin ich ja immer noch da. Alisa sieht umwerfend aus, gewiss, aber sie ist doch eine braune Schönheit, dieses Biest!"

„Pst, meinte ihr Gegenüber. „Am Nebentisch sitzen zwei Schwarze. Und sie hören uns zu, als wenn sie Französisch verstünden. Aufgepasst, in Afrika verstehen viele Leute Französisch!"

Suleiman und Duncan meinten darauf zueinander: „Allah hat uns geholfen und auf die Spur gebracht. So viele Personenwagen mit Schweizer Kontrollschildern gibt es in Marseille bestimmt nicht. Wir suchen sie dort und werden sie finden. Dann mieten wir ein Schiff und setzen über nach Marokko und von dort mit einem Flugzeug nach Lagos. Den Herrn René müssen wir dann leider in Marseille zurücklassen, weil er tot sein wird!"

Das Schiff „Kalif von Bagdad" mieteten sie zu einem Wucherpreis von einem Marokkaner, der eine eigenartige Ladung von Agadir nach Marseille brachte und diese dort löschte. Dieser blieb aber für längere Zeit in Frankreich und wollte sein Boot oder Schiff einfach innerhalb zweier Monate wieder in Agadir haben.

Es war ein weiterer Glücksfall oder eben die Fügung Allahs, dass René und Alisa im Hotel „Vieux Port" logierten. Die beiden Verfolger entdeckten den Wagen der Verfolgten am Tag zuvor vor dem Hotel. Wirklich, Schweizer Kontrollschilder waren hier selten. „Das müssen sie sein, und morgen schlagen wir zu! Ich bleibe an Bord und mache das Schiff startklar zum Auslaufen, und du bist schneller mit dem Messer als alle, tötest den Hund im Hotel und bringst Alisa an Bord", meinte Suleiman. Duncan nickte und war mit dem Plan einverstanden.

Nun stand Duncan mit der tobenden Alisa plötzlich heftig schnaufend in der Tür zur Kajüte.
Suleiman fragte: „Ist der Kerl endlich tot?"

„Nein! Es waren zu viele Leute da. Danke Allah, dass ich diese Furie, wenn auch mit viel Aufsehen, hergeschleppt habe und fahr sofort los!"

„Und zu dir, du Satansweib: Wir sind überzeugt, Mustafa wartet in Lagos sehnlich auf dich.
Solltest du aber mit diesem Mann schon Geschlechtsverkehr gehabt haben, so ist dies auch für dich das Todesurteil. Dann bist du für ihn nur noch ein Stück unreines Fleisch", schleuderte er Alisa entgegen, während die Motoren des Schiffes bereits aufbrummten.

„Meinst du Scheusal mit Mustafa etwa Mohammed, der mir schon in Mali nachstellte? Der ist nicht in Lagos, sondern im Genfersee ertrunken. Ihr könnt ja mal bei der dortigen Polizei nachfragen", erwiderte Alisa trotzig, „und euch die lange Reise nach Lagos sparen!"

Auf die Frage, ob sie mit René schon intim war, gab sie vorsichtigerweise keine Antwort, denn sie kannte nur zu gut die Moralvorstellungen der strenggläubigen Muslime. „Sein Handy liegt vermutlich in den Tiefen des Sees", meinte sie fast triumphierend. „Und übrigens: Mein Mann ist kein Dummkopf. Er wird euch schon noch Feuer unter den Hintern machen! Er kennt eure Denkweise ganz gut von Mali her!"

„Wir zittern vor Angst vor diesem wütenden Wasserforscher", spotteten die beiden und liessen Alisa nun stundenlang allein in der verschlossenen Kajüte. Bei der Fahrt durch die Meerenge von Gibraltar in den Atlantik mussten sie an Deck sein.

20

Zuerst tobte René wie ein Berserker, bis er einsah, dass dies zu nichts führte. Auch nicht die nutzlose Diskussion mit seinen „Besuchern" in seinem Hotelzimmer. „Nur sofort hier raus und nachfragen, wohin die beiden geflüchtet sind!", rief er in den schwafelnden Haufen hinein und raste als erster die Treppe hinunter.

Nervös vorgetragene Erkundigungen, vor allem auf der Strasse, ergaben, dass etliche Passanten sahen, wie ein dunkelhäutiger Mann eine etwas weniger dunkle Frau zu einem Schiff am Hafen bugsierte, das bald danach Fahrt aufnahm. Der Name dieses Kahns konnte niemand so recht buchstabieren. Immerhin stellte sich heraus, dass die einen das Wort „Kalif" und andere wiederum das Wort „Bagdad" gelesen haben wollten.

Bei den Hafenbehörden stellte sich bald mal heraus, dass die „Kalif von Bagdad" ausgelaufen war mit Kurs auf Agadir in Marokko.

„Also, mit dem nächsten Flug nach Agadir", überlegte sich René und war einige Stunden später schon am Flughafen Marseille, um alle Möglichkeiten zu checken. „Es ist zwar zum Verrücktwerden, aber der effizienteste Weg ist zurück nach Paris oder Frankfurt und dann von dort nach Agadir. Allerdings bin ich mit dem Flugzeug doch viel schneller als diese Zuckelkiste von Schiff und werde diese Lumpenhunde und vor allem meine Alisa am Hafen erwarten! Ob ich dort die Polizei einschalten soll?" Diese Frage beschäftigte ihn auf der ganzen Reise.

Die Meerenge von Gibraltar passierten die Entführer ohne Schwierigkeiten und schifften nun in den Atlantik. „Wenn wir nur gleich in Tanger, Rabat oder Casablanca einlaufen könnten, aber wir haben keine entsprechenden Papiere und der Eigner der ‚Kalif' will sein Schiff in Agadir haben und hat dort sogar seinen Standplatz. Mit ihm lohnt es nicht, sich anzulegen", meinten die beiden mit der Schifffahrt nicht so sehr vertrauten Schwarzen.

Siehe da, sie hatten Recht mit ihren Gedanken. Auch das Mittelmeer kann mal toben. Aber der Atlantik ist nicht einfach auch ein Meer, sondern ein Ozean. Sie blieben zwar ständig in Küstennähe. Trotzdem, oder vielleicht gerade deswegen, traf sie ein Sturm ziemlich heftig. Die Nussschale „Kalif von Bagdad" wurde herumgeschüttelt und um sich selbst gedreht wie ein Spielball. Alles ächzte und stöhnte an dem

Kahn, dass man meinte, er könne jederzeit auseinanderbrechen. Entweder trieben sie auf die offene See hinaus und verloren so jegliche Orientierung oder sie drohten in einem anderen Augenblick an der Küste zu zerschellen. An einen geordneten Kurs war nicht zu denken.

Die drei kotzten sich bald die Seele aus dem Leib, fluchten und beteten fast zugleich und sahen dem für sie sicheren Ende entgegen. Am traurigsten erging es Alisa in der schäbigen Kajüte, die eine ausgeprägte Landratte war, Höllenqualen erlitt und hin und hergeschleudert worden war, ohne eigentlich zu wissen, was da eigentlich los war.

Aber wie der Sturm plötzlich gekommen war, so plötzlich war er zu Ende. Für die drei dauerte alles eine Ewigkeit, es war aber effektiv nur eine gute Stunde. Bald lag das Wasser wieder wie eine friedliche Spielwiese unter ihrem Kiel, und die beiden Schwarzen eilten in die Kajüte, um zu sehen, ob Alisa noch lebte. Diese sah sie mit blutunterlaufenen und qualvollem Blick an und flüsterte: „Wasser!"

Nachdem Duncan wieder ans Ruder eilte, um eine einigermassen mögliche Navigation vorzunehmen, fragte selbst in dieser misslichen Lage Suleiman: „Du trägst an der linken Hand einen Goldring. Bist du tatsächlich mit diesem Bertrand die Ehe eingegangen.

Noch sehr verwirt von den Sturm meinte ohne Überlegen trotzig Alisa: „Ja, und damit machte er mich
zur glücklichsten Frau der Welt, selbst wenn ich
jetzt sterben müsste!"

„Dann seid ihr also intim geworden, und du bist keine Jungfrau mehr?"

„Allah sei Dank, nein! Jetzt erst bin ich eine richtige
Frau!"

„Das ist dein Todesurteil!"

„Abwarten, ihr Dreckskerle. René ist euch haushoch
überlegen! Und euer Lümmel Mustafa, wie er sich
bei euch nannte, ist wirklich tot!" Erst jetzt merkte
Alisa, dass sie damit wohl sehr dumm gehandelt
hatte, mit der Wahrheit herauszurücken. Suleiman
schloss heftig wieder die Türe zur Kajüte und eilte
an Deck, um diese für sie grauenhafte Neuigkeit zu
erzählen. „Was machen wir mit ihr nun?", fragte er
zerknirscht Duncan.

„Nun, sie ist ein attraktives Weib und kann die meisten Männer vor Begehren halb verrückt machen. Wir
vergewaltigen sie, als kleiner Lohn für unsere Be-
mühungen. Niemand kann uns das nachweisen, weil
sie ja keine Jungrau mehr ist."
..

„Verlockender Gedanke! Wir haben ja noch ein paar Tage Zeit bis Agadir. Aber vergiss nicht: Wie nennt sich unsere Gruppe in Lagos? Die ‚Löwen von Nigeria'! Wir wollen den Teil der Ungläubigen in unserem Land unterwandern, bekehren oder töten, damit auch dieses Land für Allah und den Propheten gewonnen wird. Ein vielleicht langer Weg, aber ein grosses Ziel. Können wir unserem Anführer dann noch in die Augen schauen?"

„Aber wenn er wirklich tot ist?"

„Dann soll einer von uns seine Stelle einnehmen, und wir haben dann nichts Unrechtes getan!"

„So sei es!" Verschwörerisch gaben sie sich die Hand.

Beim Whisky, den sie nachher hinter die Binde gossen, meinten sie: „Allah wird uns dies verzeihen, nach diesem Sturm hätte vielleicht auch der Prophet einen solchen gebraucht, wenn es dieses Gesöff damals schon gegen hätte."

21

Die weitere Fahrt verlief ruhig bis auf eine kurze Aufregung, als eines Tages ein französisches Kriegsschiff, eine Fregatte, ganz nahe an ihnen nahezu majestätisch vorbei zog, sie aber unbehelligt liess. Schliesslich zählte auch Marokko zum arabischen Raum, und so fiel ihr Kahn nicht weiter auf.

„Diese verdammten Imperialisten können es einfach nicht lassen, überall noch Präsenz zu markieren", schimpften sie, während Alisa, abgeschnitten von frischer Seeluft in der Kajüte fast krepierte und vor lauter Schwäche nur noch vor sich hindämmerte. Wasser bekam sie zwar, und einige steinharte Knäckebrote. Aber die Kombüse des Schiffes war ziemlich leer.

Jetzt zeigte sich ein marokkanischer Kutter, knapp einen Tag vor ihrem Ziel. Und der dortige Kapitän und seine Offiziere, eine ziemlich verlumpte Gesellschaft, betrieb vielleicht ein wenig moderne Seeräuberei. Jedenfalls sprach er sie mit einem Megaphon an: „Hallo Kameraden, hier spricht die ‚Piranha' aus dem Heimathafen Casablanca. Wir haben Trinkwassermangel an Bord. Könnt ihr uns etwas aushelfen? Stoppt die Motoren, wir kommen schnell zu euch an Bord!"

„Teufel auch, das hat uns gerade noch gefehlt. Aber wir müssen anhalten, sonst schöpfen sie Verdacht. Auch haben sie das viel modernere und schnellere Schiff, trotz der verlumpten Uniformen", konstatierte Duncan und drosselte widerwillig seinen Kahn.

„Kapitän Ali Ben Assuri, Agadir, von der ‚Piranha'. Was ist ihr Ziel und die Ladung?", meinte der Chef der Gruppe, die mit dem Beiboot an Deck der „Kalif" kamen.

„Keine Ladung! Wir bringen nur das leere Schiff in seinen Hafen Agadir zurück!", antwortete Duncan griesgrämig.

„Natürlich, die ‚Kalif von Bagdad'! Gehört einem gewissen Herrn Charles Nundala. Treibt sich wohl wieder mal in Paris herum und verhökert dort seine Ladung an gewisse Kreise. Wir kennen den ehrenwerten Herrn vom Hörensagen. Stammt ursprünglich aus dem Irak, darum auch der Name seines Kahns. Wir wollen uns aber doch mal etwas umsehen", sagten die Männer und zückten zur Unterstreichung ihres Wunsches die Pistolen. Was konnten Duncan und Suleiman dem entgegensetzen? Sie besassen hier keine Waffen ausser ein paar Messern und einer Harpune für den Fischfang.

So fand Assuri bald mal die völlig verstörte Alisa in ihrer Kajüte, die für jede mögliche Rettung dankbar war. Dass sie dabei vom Regen in die Traufe geraten konnte, daran dachte sie in ihrer Verzweiflung nicht. Nur ein Ereignis brannte in ihrer Seele und an ihrem Körper, nämlich dass gestern Nacht Duncan sie brutal vergewaltigt hatte und sie ihm dabei voller Ekel und Verzweiflung in eine Schulter biss, bis er vor Schmerz fluchend von ihr abliess und ihr den Tod schwor. Sie antwortete darauf nur: „Du abartiges Schwein, das wirst du büssen!"

Darauf verschob Suleiman seine Begierde auf einen späteren Zeitpunkt. Dies sollte ihm das Leben retten.

„Eine sehr schöne Frau, aber irgendwie scheint sie innerlich gebrochen", konstatierte der schmuddelige Kapitän. „Was haben die Kerle mit dir gemacht?"

„Duncan hat mich, eine verheiratete Frau, brutal vergewaltigt. Dieses Schwein soll sterben!",
schrie sie verzweifelt.

„Welcher von den beiden ist Duncan?"

„Der Kleinere von diesen Tieren!"

Suleiman und Duncan warteten, mit Messer und Harpune bewaffnet, bis die Kerle, jetzt mit Alisa, wieder an Deck erschienen. „Das Schiff ist wirklich leer, aber welcher von euch hört auf den Namen Duncan?", fragte Assuri in schneidendem Ton

Keine Antwort!

„Frau, welcher hat dich geschändet?"

Alisa zeigte zitternd und voll Wut auf Duncan.

Assuri zog seine Pistole und meinte trocken: „Die Haie haben Hunger und warten auf einen Leckerbissen. Fahr zur Hölle!" Er schoss ohne mit der Wimper zu zucken Duncan in den Kopf. Dann warfen seine Leute den Leichnam ohne ein weiteres Wort über die Reling in den Ozean und verliessen das Schiff mit Alisa.

22

René wartete und wartete am Hafen von Agadir auf das Einlaufen der „Kalif von Bagdad". Aber das Schiff kam nicht. Die Sorge um Alisa trieb ihn fast in den Wahnsinn. Er nervte die Hafenbehörden mit seiner Fragerei, denn diese wusste auch nicht, ob und wann die „Kalif" kommen würde. Nach einiger Zeit resignierte René und wollte der Küste entlang von Stadt zu Stadt nach Norden ziehen, um sich umzuhören. Das Problem war nur noch zusätzlich, dass nur wenige Menschen Französisch oder Englisch sprachen.

Der Kapitän der Piranha, Ali Ben Assuri, überlegte sich hundertmal auf der Fahrt nach Casablanca „Soll ich die Frau dort einfach laufenlassen oder mir noch eine schöne Stange Geld verdienen, wenn ich sie an ein Nobelbordell verkaufe?" Die Geldgier siegte, wie in den meisten Fällen bei den meisten Menschen.

Das „Jasmin-Haus" war Assuri wohlbekannt, denn er vergnügte sich auch ab und zu dort, auch wenn die Preise überrissen waren. Als er mit Alisa dort eintraf, erregte er vor allem wegen seiner Begleitung erhebliches Aufsehen. Zuvor war er mit ihr in einem Kleidergeschäft, und liess Alisa ordentlich einkleiden. So sah sie jetzt aus wie die Königin von Saba, die selbst Salomon um den Verstand gebracht hatte.

Offiziell gab es in diesem Haus zwar keinen Alkohol, aber in speziellen Suiten oder Hinterzimmern, halb einer Loge in einer Oper nachgestaltet und doch mit die Aura eines Hurenhauses, floss nebst Champagner auch Whisky, Wodka, Cognac und andere harte Sachen. Die Preise dort waren exorbitant. Ein paar Tropfen eines Schlafmittels genügten, dass Alisa fast brutal geweckt werden musste, nachdem Assuri mit zweihundert Dollar und Gratisaufenthalt im „Jasmin" wieder verschwunden war.

Als Alisa realisierte, wo sie und zu was sie dort war, dachte sie: „Es gibt nur zwei Möglichkeiten, Flucht oder Tod". Aber beides war nicht so einfach, denn sie wurde ständig überwacht.

Als ihr erster „Einsatz" mit einem etwas älteren und dicklichen Marokkaner kam, der offenbar begütert war, gelang es Alisa tatsächlich, diesen zu überreden, mit ihr zu flüchten. Dieser sprach fliessend Englisch und war offenbar ganz vernarrt in sie, nachdem sie ihn mit ihren Reizen und einigen tiefen Einblicken derart bezirzt hatte. Sie versprach ihm, lebenslang seine Geliebte zu bleiben, wenn er sie befreite und ihr einen Tschador besorgte, in dem sie sich nahezu unkenntlich machen konnte, um mit ihr das Weite zu suchen.

Zur Verwunderung Alisas wohnte ihr geiler Retter ausgerechnet in Agadir. Die Reise dorthin erfolgte in einem kleinen Privatflugzeug. „Gehört das ihm oder einem seiner sauberen Freunde?", fragte sie sich nach der ziemlich stürmischen Flucht. „Ich habe doch ein paar Flugstunden gehabt. Leider kein Pilotenbrevet, aber was soll's? Mit solch einer kleinen Kiste, ohne Geld, ohne Pass, alles wurde mir schon auf dem Schiff abgenommen, komme ich gewiss nicht übers Mittelmeer, geschweige denn in die Schweiz, aber in eine Stadt mit einer Schweizer Botschaft oder wenigstens mit einem Konsulat!"

„Ich habe für dich eine kleine Wohnung in einem schönen Viertel in Agadir. Dort komme ich dich oft besuchen. Jetzt schlaf mal erst und erhole dich von allen Aufregungen, damit du dann schön und frisch bist wie eine kleine Göttin", meinte der dickliche Mann namens Omar und gab ihr einen schmatzenden Kuss auf den Mund.

Nach einer wilden Taxifahrt, bei der auch der Fahrer sie lüstern im Rückspiegel taxierte und während sie sich den Mund ein Dutzend Mal abwischte, erreichten sie ein nicht sehr vorteilhaft aussehendes Haus mit kleinen Fenstern und vermutlich auch vielen kleinen Wohnungen.

Der maurische Stil kann sehr reizvoll sein, aber die Inneneinrichtung, vor allem das Schlafzimmer, bestand hauptsächlich aus Spiegeln. „Vielleicht ist auch irgendwo eine versteckte Kamera installiert! Sind denn die meisten Männer immer nur auf Sex aus und kleine oder grössere Schweine?", fragte sich Alisa bei der bald abgeschlossenen Besichtigung ihrer neuen „Herberge" von etwa vierzig Quadratmetern. „Sex kann zwar wundervoll sein, wenn echte Liebe dabei ist. Sonst ist alles doch im Grunde genommen wie eine Koppelung bei Tieren! Zunächst muss ich mich krank stellen, um etwas Ruhe zu haben!"

Als am nächsten Tag Omar bei ihr vorbeikam, lag Alisa mit einem roten Gesicht im Bett und röchelte: „Ich bin krank geworden. Vorsicht vor Ansteckung!" Fluchtartig verliess er die Wohnung, ohne auf den Gedanken zu kommen, zu prüfen, ob die Krankheit echt sei. Für einen Arzt reuten ihn die Kosten. „Die ist zäh und wird gewiss wieder gesund. Ich schicke mal eine von meinen Bediensteten bei ihr vorbei."

Die Bedienstete hiess Anastasia und war weiss. „Bist du Russin?", fragte Alisa. „Ja, und ich war auch mal die Geliebte unseres Herrn. Jetzt ist er meiner überdrüssig, und ich koche für ihn nur noch russische Spezialitäten, die er so liebt. Wenn ich nachher flüchten könnte, würde ich Gift ins Essen mischen!"

„Wir könnten zusammen flüchten. Er hat ein kleines Flugzeug. Wo steht es, und wie sind die Kontrollen am Flugplatz? Ich kann einen solchen Hopser gewiss in die Luft bringen, damit wir einige hundert Kilometer von hier wegkommen. Das grösste Problem ist, ich habe kein Geld, keine Papiere, kein Handy, einfach nichts!"

„Einiges liesse sich vielleicht beschaffen", meinte Anastasia. „Mein Gott, wenn ich eines Tages nochmals den weiten Himmel über Russland erleben könnte! Ich berichte, dass du wirklich starke Fieberschübe hast, die noch einige Tage dauern können. Bis dann kann ich hoffentlich einiges beschaffen. Sein Flugzeug steht übrigens am hiesigen Airport in einem speziellen Hangar."

„Komm, lass uns Freundinnen werden, die miteinander durch dick und dünn gehen, um der modernen Sklaverei hier zu entgehen", strahlte Alisa.

„Mal sehen", entgegnete Anastasia. „Vielleicht!" Sie traute der Sache noch nicht ganz.

23

René blieb doch noch einige Zeit in Agadir. „Wenn die Hafenbehörde mit diesen Saukerlen unter einer Decke stecken und mir verschweigen, wann die ‚Kalif' einläuft? Man weiss ja nie! Es wird sich vielleicht lohnen, dass ich am Flughafen ebenfalls Umschau halte. Wie kommt man den hier wirklich weiter? Mit einem Schiff oder einem Flugzeug! Die Strassen enden bald in Sandpisten und dann im Nichts!"

Er hatte kürzlich etliche Euro in die lokale Währung Dirham gewechselt. Denn bei den kleinen Händlern oder Kaffeehäusern beäugten die Leute den Euro misstrauisch. Und Misstrauen konnte und wollte René sich nicht einhandeln. Ein Euro ergibt ungefähr elf Dirham. Aber wie überall wird beim Umwechseln betrogen. So erhielt er nur acht Dirham.

Der Flughafen von Agadir liegt über zwanzig Kilometer von der Stadt entfernt, aber Taxis sind billig. Man musste nur vor der Fahrt den Preis aushandeln, um nicht übers Ohr gehauen zu werden. Jährlich werden immerhin circa 1,5 Millionen Passagiere abgefertigt. Für eine Stadt mit gegen 700'000 Einwohnern erscheint dies nicht viel, zumal die meisten Fluggäste Touristen sind. Aber immerhin bedienen auch einige europäische Charterlinien Agadir, darunter sogar mit Flügen von und nach Zürich.

Noch ein weiterer Zaungast streunte am Flughafen herum und suchte ein Flugzeug mit der Destination Lagos, nämlich Suleiman. Dieser legte nach dem grauenhaften Geschehen an Bord der „Kalif von Bagdad" diese an einem Küstenabschnitt etwa dreissig Kilometer vor Agadir vor Anker und schwamm die restlichen zweihundert Meter an Land. Er getraute sich nicht, allein in den Hafen einzulaufen aus Angst vor unangenehmen Fragen.

In Lagos wollte er dann den „Löwen von Nigeria" alles erzählen. Vielleicht konnte man eines Tages die beiden Toten rächen. Als er endlich in Lagos, dieser Riesenstadt, ankam und den „Löwen" alles bebend berichtete, machten diese kurzen Prozess: „Du hast versagt, darum geh auch du zur Hölle", erklärte deren neuer Anführer eisig in einem abgelegenen Schuppen in der Nähe der Mangrovensümpfe, und schoss ihn kaltblütig nieder.

Seine Leiche wurde nie gefunden. Wer sucht schon in dieser wilden Gegend nach etwas? Und was heisst hier *eine* Leiche? Vermutlich waren hier mit der Zeit Dutzende von Leichen „entsorgt" worden.

Anastasia kam mit flatternden Nerven aber mit blitzenden Augen zu Alisa. Von Omar erhielt sie den Schlüssel zur sonst stets von aussen abgeschlossenen Wohnung mit seiner Mahnung „Bring den zurück und vergiss nicht abzuschliessen. Sorge dafür, dass dieses Weib endlich gesund wird, sonst kriegen du und sie Hiebe!" Nun, diese Hiebe kannte sie zu gut und fürchtete sie sehr.

Sie hatte innert 24 Stunden kleine Wunder vollbracht. Sie wusste inzwischen ungefähr, in welchem Hangar die Maschine von Omar stand und dass diese nach jedem Flug wieder startbereit gemacht werden musste. Sie kannte sogar den Namen des zuständigen Mechanikers und dessen ungefähren Arbeitszeiten. Gestohlen hatte sie ein Handy und eine für ihre Begriffe schöne Stange Geld, ein Bündel Dirham, etwa 500 Euro und auch amerikanische Dollar, die sie noch gar nicht gezählt hatte. Ausserdem eine Auswahl an Kleidern für die zwei Frauen und etwas Essbares.

Die beiden Frauen hatten damit zwar längst nicht alles, vor allem keine Pässe, aber doch einiges, was weiterhalf. „Sterben oder Russland wiedersehen", flüsterte sie, „Komm Alisa, wir wagen das Unmögliche!"

Erst schlichen sie um die Häuser, dann rannten sie in einem anderen Quartier zu einem Taxistand und fuhren zum Flughafen. Kopftuch und Sonnenbrille sowie die auf der ganzen Welt üblichen Jeans veränderte ihr Aussehen, denn Anastasia rechnete damit, dass Omar sie bereits suchen liess.

Dieser war auch tatsächlich nach einer Stunde ihres Weggehens bereits in der Wohnung. „Ausgeflogen, wenn möglich beide?", brüllte er. „Diese verdammten Weiber! Hätte mir so was auch denken können, ich Dummkopf. Aber wartet nur, ihr kleinen Huren, weit kommt ihr nicht!"

Nur dass die beiden zum Flughafen eilten und ihm dort noch sein Flugzeug klauen wollten, auf eine solche verrückte Idee kam er nicht. Weiber können doch nicht fliegen!

24

Die Sonne brannte heute erbarmungslos hernieder. Alle Leute waren deshalb auch etwas schläfrig und suchten jede noch so kleine Möglichkeit eines Schattens. Der Flughafen Al Massira in Agadir wirkte zu dieser Zeit auch wie ausgestorben. Die meisten Maschinen waren schon weg oder noch nicht angekommen.

„Ist das für uns ein Vorteil oder Nachteil?", sinnierten Alisa und Anastasia. „Weiss ich nicht! Komm, wir suchen nun den Hangar der Privatmaschinen. Der kann doch hier nicht so gross sein, denn so viele reiche Leute gibt es hier nicht!"

Sie hetzten durch die Abfertigungshallen und merkten bald, dass sie dadurch zu viel Aufmerksamkeit erzeugten. Also war ihr weiteres Suchen eher ein Schlendern, obschon sie innerlich am liebsten gerannt wären, denn es ging um ihr Leben.

Plötzlich blieb Alisa wie angewurzelt stehen. Dann zitterte sie am ganzen Leib, und mit einem Aufschluchzen, das aus der Tiefe ihrer Seele zu kommen schien, rannte sie zu einem Mann, der vor einer Anzeigetafel stand. Sie schrie förmlich: „René, bist du es wirklich?"

Der Mann drehte sich erstaunt um und erkannte seine Frau sofort an der Stimme, und dann war für längere Zeit der Himmel auf Erden und ein Weinen und Küssen, das kein Ende nahm, wenigstens erschien dies so für Anastasia. Sie mussten doch dringend das Flugzeug und dessen Betreuer suchen und überschwatzen, vielleicht sogar bestechen.

„Alisa, was fällt dir ein? Wir sind in höchster Gefahr und müssen weiter!"

„Anastasia, das ist mein Mann", erklärte sie weinend vor Freude. „Und jetzt kann der Teufel persönlich kommen und uns drohen. Wir werden selbst ihn besiegen!"

„Bist du verrückt geworden oder wirklich verheiratet? Was ist das für ein Kerl?"

„Mein geliebter Mann. Wir haben vor etwa drei Wochen geheiratet, und ich wurde auf unserer Hochzeitsreise entführt!"

„Wer ist denn diese Frau?", fragte René, überglücklich und neugierig. „Und warum bist du hier? Konntest du fliehen?"

„René, du und ich, wir haben tausend Fragen. Aber nicht jetzt, denn ich bin mit meiner neuen Freundin und Retterin auf der Flucht. Wir können jeden Augenblick wieder eingefangen werden. Bist du bewaffnet?"

„Mit einem Revolver, den ich auf dem Schwarzmarkt gekauft habe. Also, alles später. Aber wie wollt ihr flüchten und wohin?"

Wir wissen nicht wohin! Einfach weg hier, mit einem kleinen Flugzeug, das wir meinem Peiniger klauen wollen!"

„Wer soll euch pilotieren?"

„Ich selbst will es versuchen! Ich hatte vor längerer Zeit mal ein paar Flugstunden! Aber aus Marokko kommen wir nicht raus, denn wir haben beide keine Papiere!"

„Du willst Pilotin sein? Ich habe sofort einen anderen und sicheren Plan. In einer Stunde geht eine Air France nach Paris mit Zwischenstopp in Rabat, der Hauptstadt. Dort gibt es eine Ambassade de Suisse. Diese suchen wir auf und beantragen einen Notpass für dich! Ich kaufe sofort drei Tickets. Kommt zum entsprechenden Schalter. Niemand soll es wagen, uns aufzuhalten. Den schiesse ich über den Haufen!"

„Aber Anastasia ist Russin! Wie bekommt sie die nötigen Papiere", fragte besorgt Alisa. Das klären wir später. Vielleicht existiert dort auch eine russische Botschaft. Wo verstecken wir uns aber bis zum Einchecken?"

„Ich löse drei Erstklass-Tickets. Mit denen können wir hier in eine kleine Lounge!" Dass René damit fast sein ganzes Bargeld benötigte und dass die Kreditkarten auch nichts mehr brachten, weil seine Konten durch ihn geplündert waren, verschwieg er tunlichst. „In Rabat fällt mir schon was ein. Vielleicht ein Telefonat mit meinen Eltern für eine Banküberweisung. Das sollte doch in einer Stadt mit nahezu zwei Millionen Einwohnern möglich sein", dachte er.

25

In der Lounge und auf dem Flug nach Rabat konnten viele der gegenseitigen Fragen beantwortet werden. Als aber Alisa stockend berichtete, dass sie auf der „Kalif von Bagdad" von dem schwarzen Duncan vergewaltigt worden war, herrschte nebst Entsetzen eine Zeitlang Stille vor.

„Und jetzt verstösst du mich?", fragte scheu nach längerer Zeit Alisa ihren René.

„Bist du schwanger?", fragte dieser, ohne eine Antwort auf die Frage zu geben.

„Ich weiss es nicht! Wenn ja, dann aber von dir! Wir haben doch schon vor der Hochzeit im Haus deiner Eltern …"

„Ja, aber wir machen, sollten wir je nach Hause kommen, einen Schwangerschaftstest!"

„Du gabst mir noch keine Antwort auf meine Frage: Verstösst du mich?"

„Niemals, Alisa! Du bist und bleibst mein Ein und Alles! Aber ich werde eines Tages diesen Duncan suchen und mit ihm abrechnen!"

„Er wurde vom Kapitän des uns enternden Schiffes erschossen und den Haien zum Frass hingeworfen. Es war grauenhaft, und ich kann diese Bilder nie mehr aus meinem Kopf verdrängen!"

Wie eine Erlösung begann der Lautsprecher zu quacken, und der Kapitän erklärte, dass sie in etwa zehn Minuten in Rabat landen würden. „Allen Passagieren, die dort aussteigen, dankt die ganze Besatzung, dass Sie mit Air France geflogen sind und wünscht Ihnen bla bla …"
Kein Mensch hörte mehr hin, denn alle bereiteten sich auf die Landung beziehungsweise auf den Weiterflug nach Paris in etwa vierzig Minuten vor.

René, Alisa und Anastasia verliessen aufgewühlt mit hundert Gedankengängen den Flughafen. „Wir suchen uns zunächst mal ein anständiges Hotel und schlafen ein paar Stunden. Dann sieht die Welt schon wieder etwas anders aus", bemerkte René, was von den Frauen dankbar angenommen wurde. Alle waren schliesslich hundemüde von den Ereignissen der letzten Stunden.

Das Hotel Kenzi Bélère Rabat, nur zehn Minuten von der Medina, aber auch vom Flughafen entfernt, bot ihnen diese Ruhemöglichkeit. Nur an einen gesunden und erholsamen Schlaf war nicht zu denken. Viel zu sehr rasten die Gefühle und Gedanken durch Kopf und Herz.

So sassen bald alle drei an der Bar und besprachen die nächsten Schritte.

René und Alisa eilten zur Schweizer Botschaft, und Anastasia versuchte ihr Glück in der russischen Botschaft. René schilderte das Nötigste über ihre Hochzeitsreise einem Botschaftssekretär. Natürlich liess er die Morde weg sowie andere allzu brisante Augenblicke. Den Notpass konnten sie nach drei Stunden abholen.

Vermutlich wurden Rücksprachen mit Bern, Montreux und Vevey gemacht, was aber den beiden egal sein konnte. Beim Verlassen der Botschaft zeigte Alisa wortlos auf ein gerahmtes Bild an der Wand: Schloss Chillon bei Montreux. „Dort begann das ganze Drama", meinte sie. „Nein, Liebling, alles begann schon in Mali, aber ich bereue nichts! Etwa du?"

Als Alisa stumm blieb und René auf eine Antwort drängte, meinte Sie bedrückt: „Nur der grauenhafte Schrecken auf dem Schiff!" Dabei kullerten wieder Tränen über ihre Wangen. Mittlerweile war klar – sie war schwanger...

„Diese Wunde wird auch verheilen!"

„Hoffentlich bei dir auch!"

„Aber unsere Liebe ist aus allen diesen Katastrophen und traurigen Ereignissen nicht zerstört, sondern unzertrennlich zusammengeschweisst worden, und das ist das Wertvollste."

26

Den Notpass in den Händen, fühlten sich Alisa und René schon ein wenig wie zu Hause. Auch Anastasia erhielt die Zusage, dass man sich ihren Problemen annehmen werde. Es dauerte in der russischen Botschaft halt etwas länger. Schliesslich gibt es auch mehr Russen als Schweizer. Sogar die Geldüberweisung aus Montreux nach Rabat klappte.

Das Telefongespräch mit den Eltern musste René zwar abbrechen und sie auf später vertrösten, sonst hätte dieses Stunden gedauert. Die beste Ausrede ist immer: Der Akku ist gleich leer. Die Bertrands drängten einfach darauf, dass ihr Sohn mit seiner Frau so schnell wie möglich in die Schweiz zurückkommen.

So schnell wie möglich, aus Rabat? Da war es besser, mit einem Taxi ins eine Stunde entfernte Casablanca zu reisen und von dort einen Flug nach Europa zu buchen. Es stellte sich bald heraus, dass ihr Flug von Agadir nach Paris mit Zwischenstopp in

Rabat eine Ausnahme war. Warum, das wusste niemand und wollte niemand wissen.

Sie wollten nach einer etwas abenteuerlichen Taxifahrt mit vermutlich überrissenen Preisen in Casablanca einen Flug nach Paris buchen. „Aber wie kommt ohne Visum Anastasia nach Frankreich hinein? Mit Charme und Geld ist da nichts zu machen", konstatierte René. Sie lächelte verschmitzt und meinte: „Meine Botschaft empfahl mir, in einem europäischen Flughafen im Transit zu bleiben und auf die nächste Aeroflot zu warten.

„Besuche uns aber mal in der Schweiz", forderte Alisa sie träumerisch auf.

„Zuerst müssen wir aber hier raus kommen. Wer weiss denn, wie weit die Beziehungen Omars reichen und wo er überall seine Spione hat", erwiderte Anastasia. „Und bei Flugreisen muss dein Mann die Pistole zuvor entsorgen!"

„Male doch nicht den Teufel an die Wand!"

„Nein, ich gehe in Gedanken nur alle möglichen Szenarien durch! Ich habe mal gehört, dass in Frankreich selbst etliche Millionen Menschen aus dem Magreb leben. Das sind gewiss nicht alles liebe Leute und unbeschriebene Blätter! Wie viele Helfershelfer hat er wohl hier in Marokko?"

„Ja, stimmt! Aber diese lümmeln sicher nicht alle am Flughafen herum!"

„Zwei oder drei clevere und gut bezahlte Auftragskiller genügen!"

„Ihr Russen seht doch auch immer schwarz!"

„Wir haben auch allen Grund dazu. Es gibt kaum ein Volk mit solch blutiger Geschichte. Aber trotzdem lieben wir unser Land und haben überall auf der Welt eine Art Heimweh!"

„Also, mutig voran, dass dein Heimweh gestillt wird", erklärte René mit einem aufmunternden Lächeln.

„Wenn das möglich wird, so lade ich euch heute schon ein, mich in Mütterchen Russland zu besuchen."

„Gerne", erwiderte René. Und Alisa meinte, dieses „gerne" sei doch ein wenig zu euphorisch. Packte sie vielleicht etwas Eifersucht? Wer sieht schon in die tiefsten Tiefen einer Frau?

„Wann reisen wir?", fragte sie etwas spitz.

„Sobald wir einen Flug buchen können nach Paris!"

27

Sie sahen nach drei Tage langer Wartezeit wie Gefangene im Hotel nun endlich am Flughafen in jedem zweiten Marokkaner einen potentiellen Helfer oder gar Mörder, geschickt von Omar. Aber nichts geschah, und sie checkten ein und sassen schliesslich erschöpft, aber glücklich in der Maschine der Air France.

„Da hinten beäugt uns die ganze Zeit ein Mann, vermutlich ein Araber", flüsterte Alisa zu René. Dieser vermutete, dass die beiden Frauen langsam, aber sicher an Verfolgungswahn litten. „Aber wen wundert's, nach allem, was sie durchgemacht haben!", dachte er etwas resigniert. Zu Alisa aber flüsterte er zurück: „Lass ihn gucken! Du gefällst ihm offenbar. Wem denn nicht bei deiner Ausstrahlung und deinem Reiz. Sollte er doch auf uns angesetzt sein, so kann er hier im Flugzeug nichts unternehmen!"

„Nicht? Einfach im Namen Allahs sich und uns alle pulverisieren!"

„Alisa, auch dieser Mann ging durch die Sicherheitskontrolle!"

„Diese kann man bestechen!"

„Gewiss, in etlichen Ländern wäre dies vielleicht möglich. Aber bei der Security war jemand von der Air France dabei! Komm, trink jetzt ein gutes Glas Wein und beruhige dich. Nicht vergessen, beim Anstossen wird geküsst", lächelte René Alisa doch etwas gequält an.

Der Flug nach Paris war ruhig und problemlos. René überlegte während des gleichmässigen Brummens der Düsenaggregate: „Ich muss spätestens zu Hause unser Hotel in Marseille anrufen und bitten, sie mögen unseren PKW via Bahn nach Vevey transportieren lassen."

In Paris beim Aussteigen meinte der verdächtigte Araber zu René und Alisa: „Sie haben mich während des Fluges mindestens ein Dutzendmal angeblickt! Kennen wir uns? Ich mag mich leider nicht erinnern! Leben Sie auch wie ich in Paris? Wenn ja, ich bin Vertreter für Versicherungen aller Art. Hier meine Karte! Gerne würde ich Sie in allen entsprechenden Fragen beraten!"

„Nein, besten Dank! Wir sind Schweizer und reisen weiter!"

„So, unsere Firma hat auch eine Filiale in Genf!", lächelte der französische Araber. „Au revoir!"

Nun kam der Abschied von Anastasia im Transitbereich. Einige Tränen, viele gestammelte Worte, ein hochheiliges Versprechen, sich wiedersehen zu wollen, ein letztes Winken, dann war auch dies alles vorbei. Der Weiterflug nach Genf erfolgte bereits in zwei Stunden mit Swiss. „Bald sind wir zu Hause, liebste Alisa, und da bleiben wir auch eine ganze Weile!"

Wen aber niemand bemerkte, war ein junger Schwarzer, der die beiden, nämlich René und Alisa, von Casablanca über Paris bis Genf, nicht aus den Augen liess und ihnen offenbar so unauffällig folgte, dass er nicht bemerkt wurde.

Es war der jüngere Bruder von Mustafa, der in Montreux zu Tode kam. Duncan, kurz darauf ebenfalls tot, konnte diesem noch nach Nigeria per Handy das Wichtigste berichten, auch dass sein Bruder bei der Suche nach Alisa am Genfersee beim Schloss Chillon vom Liebhaber dieser Hure ermordet worden war.

Ali verfolgte die beiden schon in Agadir, verlor deren Spur wieder, aber Allah war mit ihm, denn er traf sie wieder in Casablanca. Nur gab es dort nirgends eine Möglichkeit, seinen Bruder zu rächen. In Genf blieb er als Flüchtling hängen, aber er wusste,

wohin die beiden reisten. Bei der nächstbesten Gele-
genheit floh er und reiste nach Vevey.

28

Nach einer stürmischen Begrüssung bei Renés Eltern wollten er mit seiner Frau so schnell wie möglich in ihre Wohnung nach Vevey, versprach aber, in den nächsten Tagen mit ihnen eine längere Zeit zusammen zu sein und alles zu erzählen. „Alles?", meinte Alisa. „Nicht alles, Liebste, nur das für die Eltern Nötige und Wichtige!"

Und für sich dachte er: „Ausserdem muss ich die unangenehme Frage stellen, ob ich ihnen das zugesandte Geld nach Casablanca noch etwas stunden kann!"

„Was für Schulden?", fragte der Papa dann bei einem langen Gespräch mit dem jungen Ehepaar. „Ach so, der Batzen, den wir überwiesen haben? Das ist noch ein kleines zusätzliches Hochzeitsgeschenk!"

Die Freude aller wäre nicht so gross gewesen, wenn sie gewusst hätten, dass ein Schwarzer namens Ali ums Haus strich und ihnen nach Vevey folgte mit einem Taxi. So eruierte dieser genau, wo René und Alisa wohnten.

„Aber wie soll ich die beiden umbringen? Geld für eine Waffe habe ich nicht. Zudem müsste ich den hiesigen Schwarzmarkt kennen, und existiert hier ein solcher, so sind die Preise sicher unverschämt. Ganz ungefährlich sind die beiden auch nicht, denn sie haben immerhin meinen Bruder überwältigen können. Nein, ich versuche einen anderen Weg mit einem schönen Feuerchen. Dann können sie sich schon an etwas Hitze und Gebratenwerden gewöhnen für die Hölle!"

„Alisa, Entschuldigung", begann René zaghaft am nächsten Tag, „aber ich glaube, es ist auch in deinem Sinn, wenn wir wissen, wer der Vater deines werdenden Kindes ist. Bist du einverstanden mit einem Schwangerschaftstest? Den kann man heutzutage zum Beispiel schon mit dem Fruchtwasser vornehmen. Du müsstest jetzt ja schon in der sechsten oder gar achten Woche sein. Fragen wir doch mal unseren Hausarzt, ob und wo wir dies feststellen können. Es hilft bestimmt uns beiden!"

Schlagartig erinnerte sich Alisa wieder der furchtbaren Momente auf dem Schiff und weinte hemmungslos. Nach geraumer Zeit meinte sie: „Und wenn das werdende Leben von diesem Scheusal ist, verlässt du mich dann?"

„Ich verlasse dich nie, sonst hat mein Leben den tiefsten Sinn verloren!"

„Und ich könnte selbst so ein Kind nicht wegmachen lassen, denn es wächst ja *in mir* und ist auch mein Fleisch und Blut."

„Komm, lass uns so schnell wie möglich zum Arzt gehen, dass wir Gewissheit haben und dann so oder so mutig zusammen in die Zukunft blicken."

Der Termin bei Dr. med. Flückiger, der René schon als Kleinkind kannte und ihn damals auch stets mit Henri verwechselte, wurde schon für den nächsten Tag in Montreux vereinbart. Der Arzt, längst 65 gewesen, fand keinen Nachfolger für seine Praxis. Der Beruf eines Hausarzt ist heute nicht mehr so begehrt, lieber spezialisieren sich Ärzte auf irgendeinem Gebiet. Da liegen andere Verdienstmöglichkeiten bereit und lästige Hausbesuche, in Notfällen auch mitten in der Nacht, fallen weg.

Dr. Flückiger empfing sie freundlich, war aber doch erstaunt über den Wunsch des jungen Paares. „Sie sind ja ans Arztgeheimnis gebunden, Doktor, meinte René, „darum nur kurz der Hinweis, meine Frau wurde auf unserer Hochzeitsreise entführt und von einem Mistkerl vergewaltigt. Darum möchten wir Gewissheit haben, von wem das Kind ist!"

„Haben Sie denn Anzeige erstattet gegen diesen Dreckfink?"

„Das war in Afrika! Wie wollen Sie dort Anzeige erstatten? Übrigens: Er wurde wenig später umgebracht!"

„Von Ihnen?", fragte Flückiger erschrocken.

„Aber nein, von Kumpanen seines Gelichters. Ich konnte Alisa erst Tage später wieder in die Arme schliessen!"

„Gut! Meine Praxis ist für diesen Test nicht eingerichtet. Aber in Lausanne ist dies im kantonalen Krankenhaus möglich. Ich rufe dort einen alten Kollegen an."

Eine halbe Stunde später erhielten René und Alisa noch am selben Abend einen Termin. Sie sollten sich bei Professor Berger melden. Er war bereit, den Test sofort vorzunehmen. Offenbar war der Professor selbst interessiert an einem solchen Unterfangen, das auch bei ihm noch nicht alltäglich war. So fuhren die beiden schweigsam nach Lausanne.

Um 20 Uhr war es zu dieser Jahreszeit schon dunkel, und René hatte vergessen, das Licht im Wohnzimmer auszumachen. Ali sah also die Wohnung beleuchtet und sagte sich: „Die Mörder meines Bruders sind also zu Hause. Dann werde ich im zweiten Stockwerk ein Feuerchen machen. Kommen dadurch noch andere um, macht dies auch nichts. Ein paar Christenhunde weniger, das ist ein gutes Werk und verhilft mir einst ins Paradies!"

Einen Kanister Benzin und Brandbeschleuniger unter seiner Windjacke versteckt, wartete er, bis jemand den Wohnblock verliess, und schlüpfte dann durch die geöffnete Tür ins Treppenhaus. Der Mann, der das Haus verliess, blickte etwas erstaunt und auch misstrauisch dem Schwarzen nach. Aber er hatte es eilig und stieg in seinen Wagen. Das Gesicht merkte er sich aber unbewusst und fuhr los.

Als René und Alisa von Lausanne so gegen 22 Uhr heimfuhren und nahezu beteten, dass der Bericht des Krankenhauses bald bei ihnen eintraf, brannte der zweite Stock ihres Hauses lichterloh, und halb Vevey wurde geweckt oder blieb wach wegen der mit Blaulicht und Sirene anbrausenden Feuerwehrfahrzeuge. Nur, das Haus war eben doch keine Schilf- oder Holzhütte wie in einem afrikanischen Dorf tief im Busch. Der schnelle Brand wurde ebenso schnell wieder gelöscht. Zurück blieb beträchtlicher Schaden an der Inneneinrichtung, einige geschwärzte Wände, ein bestialischer Gestank von verbranntem Kunststoff und der Rauchschwaden, die nur langsam abzogen.

René und Alia staunten nicht schlecht, nein, sie erschraken fürchterlich, als sie von der Feuerwehr gehindert wurden, zu ihrem Haus zu fahren. „Aber wir wohnen hier", bellte René. Was ist passiert?"

„Brandstiftung!" Diese galt vermutlich der Wohnung im zweiten Stockwerk links. Zum Glück gibt es keine Verletzten, nur eine kleine Rauchvergiftung bei der Frau in der Wohnung rechts. Ihr Mann war nicht zu Hause, und sie kann glücklicherweise das Spital bereits wieder verlassen. Aber der Mann, der neben ihnen wohnt, sah einen jungen Schwarzen die Türe reinflitzen, als er das Haus verliess. Er ist gerade dabei, mit einem unserer Spezialisten eine Phantomzeichnung mit dem Computer zu erstellen. Ihre Wohnung ist zwar nicht vollständig ausgebrannt. Das Feuer hinterlässt wohl aber beträchtliche Schäden am Hausrat. Sie können hineingehen und sich die ganze Schweinerei ansehen. Stehen sie aber für weitere Fragen zu unserer Verfügung!"

Zum grossen Glück hatte das junge Paar vor und nach der Hochzeit erst wenig Mobiliar und persönliche Dinge in ihrem neuen Heim untergebracht. Bei René lagen die meisten Unterlagen noch in seinem Zimmer bei den Eltern, und Alisa besass nicht viel mehr, als sie auf dem Leibe trug. Überdies war der Hausrat bereits gut versichert. Der Schock sass tief, aber sie waren sich in den letzten Wochen an ganz andere Katastrophen gewöhnt.

Sie zogen vorübergehend in ein nahegelegen Hotel und bauten dort den Schockzustand von Stunde zu Stunde etwas ab. „Wer aber ist der schwarze Feuerteufel? Nimmt das Drama überhaupt kein Ende?"

Die Untersuchungsbehörden vereinbarten mit ihnen bereits am nächsten Tag eine neue Fragestunde, und der Versicherungsmann liess ihnen noch etwas Zeit. „Vielleicht haben wir bis morgen auch schon ein vernünftiges Phantombild des vermutlichen Täters", meinte tröstend einer der Beamten.

29

In einer Woche war die Wohnung wieder soweit hergestellt, dass Alisa und René in die leeren Räume einziehen konnten. Sie wohnten aber noch einige Zeit bei den Eltern, bis das Notwendigste an Einrichtungen bereit stand. Noch bei den Eltern erreichte sie der Bericht des Krankenhauses, dass René zweifelsfrei der Vater des werdenden Lebens sei. Das war ein wahrer Grund zur Freude. Freude im Welschland bedeutet zugleich, dass der Weisswein in Strömen fliesst.

Die Polizei berichtete überdies, dass ein Schwarzer namens Ali festgenommen werden konnte, und dass René und Alisa sowie ihr Nachbar den Mann identifizieren sollen. „Wir kennen doch den Kerl nicht", meinte René. „Du vielleicht, Alisa? Er sei Nigerianer!"

„Von denen gibt es so viele Millionen, und ich kenne keinen; nicht einmal den Präsidenten!"
antwortete sie. In letzter Zeit wirkte oder war sie müde, sehr müde?

„Sie hat auch zu viel durchgemacht", dachte im Stillen René. „Vielleicht ist es auch die Schwangerschaft. Aber die zeigt sich eigentlich doch durch andere Symptome wie Fresslust und Übelkeit!"

Bei der Gegenüberstellung durch ein Einwegsichtglas meinte ganz aufgeregt Renés Wohnungsnachbar: „Das ist der Ganove, der durch die von mir geöffnete Türe wie ein Wiesel schlüpfte. Ich bin mir sicher!" Und Alisa ergänzte: „Irgendwie kommt mir der Mann bekannt vor! Er gleicht ein wenig meinem Verehrer von Mali, den ich aber abgewiesen habe!"

René hingegen erklärte, dass für ihn, wie typisch für die meisten Weissen, alle Schwarzen gleich oder mindestens ähnlich aussehen.

Damit war dieser Ali überführt als Brandstifter, zumal auf dem leeren Benzinkanister seine Fingerabdrücke identifiziert werden konnten. Der anschliessende Prozess gegen ihn war recht kurz und bündig: Brandstiftung, Verurteilung zu drei Monaten Haft und anschliessender Landesverweisung. Ali hatte es vermutlich in seiner Zelle und in der Strafanstalt wesentlich komfortabler als zu Hause, aber für René und seine Frau begannen neue Fragereien der Behörden nach dem Warum solcher Rachefeldzüge eines Flüchtlings aus Nigeria.

„Sie waren doch beide für einige Zeit in Afrika! Was ist denn dort geschehen?", waren die stereotypen Fragen verschiedener Beamter verschiedener Behörden an die zwei.

„Wir können uns darauf keinen Reim machen!", lautete die Antwort von René. Sonst wäre ja auch die ganze Geschichte, angefangen mit der tödlichen Verwechslung in Mali bis zum Mord oder der Tötung im Schloss Chillon aufgerollt worden. Aufgerollt wurde diese Story aber teilweise doch durch den gesprächigen Häftling Ali im Gefängnis in Lausanne.

30

Eines Tages, die Wohnung war wieder notdürftig eingerichtet und René konnte seine Arbeit bei Nestlé Vevey aufnehmen, erhielten er und seine Frau, die inzwischen schon ein nettes Bäuchlein aufwies, eine Vorladung der Staatsanwaltschaft des Kantons Waadt in Lausanne.

„Herr und Frau Bertrand, der Mann im Gefängnis, der Ihre Wohnung in Brand setzte, hat, wie man im gebräuchlichen Jargon sagt, ‚gesungen'. Dabei kam heraus, dass Sie beide im Schloss Chillon seinen Bruder umgebracht hätten. Die Leiche konnte damals gefunden werden, aber es wurde nicht eindeutig identifiziert, ob dies ein Unglück, Mord oder Selbstmord war. Wir hören nun gerne Ihre Version der Sache", meinte ein Mann in elegantem Massanzug, der sich als Staatsanwalt herausstellte.

„Das ist eine lange Geschichte", erwiderte René, „und vieles davon ist ungereimt!"

„Wir haben Zeit, oder besser gesagt, wir nehmen uns die Zeit", konstatierte trocken der Massanzug. „Wenn einiges ungereimt erscheint, so glauben sie mir, wir können uns gewiss einen Reim daraus machen!"

Aufgebracht begann René zu erzählen von den Tagen in Mali, in denen sein Zwillingsbruder an seiner Stelle erschossen wurde. Tonbänder, oder waren es sogar Kameras für das spätere Studium der Mimik, waren vermutlich eingeschaltet. Er liess bewusst viele Details aus, vor allem auch aus Marokko. „Das geht diese Kerle doch einen feuchten Dreck an", dachte er sich. „Nun also wollte ein leiblicher Bruder des Mörders, den wir in absoluter Notwehr aus dem Fenster im Schloss Chillon gestossen haben, nicht wissend, das er nicht schwimmen konnte, ihn rächen. Sagen Sie uns, was können wir dafür oder dagegen tun?"

„Fragen stelle ich, nicht Sie! Bitte beantworten Sie *meine* Fragen! Warum haben Sie den Vorfall im Schloss nicht der Polizei gemeldet? Alle Zeitungen waren doch voll vom Bericht, dass eine unbekannte Leiche gefunden wurde, und an Aufrufen an die Bevölkerung mangelte es nicht."

„Ja, ich weiss, das war ein Fehler. Aber ein unbekannter Schwarzer aus Nigeria, einem Land mit über

150 Millionen Einwohnern, wer kümmert sich schon darum?"

„Wer? Wir! Ob das Land 150 oder nur eine Million Menschen zählt, bleibt sich gleich. Wir hatten einen vermutlichen Mord aufzuklären!", schrie nun förmlich der gut Gekleidete.

„Mord? Es war reine Notwehr und absolut keine Absicht, ihn zu töten. Er aber wollte uns umbringen. Davon zeugt doch das gefundene Messer, oder nicht?", schrie nun René zurück.

„So ist Ihr Blut daran?"

„Vermutlich!"

„Das wird abgeklärt. Ob der Mann schwimmen konnte oder nicht, spielt keine Rolle. Er schlug mit seinem Kopf an einen Stein, der den Tod herbeiführte."

„Ich kenne nicht alle Steine im Genfersee, besonders nicht jene, die unter Wasser sind."

„Schon gut, werden Sie nicht frech gegenüber Amtspersonen!"

„Nur eine harmlose Feststellung¨"

„Halten Sie sich für weitere Befragungen zur Verfügung."

„Selbstverständlich, gerne, aber nur mit meinem Anwalt!"

31

Die weiteren „Befragungen" und schliesslich ein Gerichtsurteil nach einem nicht öffentlichen Prozess resultierten in einer bedingten Gefängnisstrafe von zwei Monaten wegen Verschleierung in einem Tötungsfall und hatten für René keine weiteren Folgen. Auch der Arbeitgeber meinte dazu, „dass der Richter voreingenommen und, nur unter uns gesagt, völlig blöd geurteilt hat".

Aber irgendwie blieb doch ein Fleck auf der sonst schon nicht so weissen Weste. René *wollte* ja damals seinen Gegner umbringen, der sonst ihn getötet und Alisa entführt hätte.

Eine direkte Gegenüberstellung mit Ali vor dem Prozess ergab nur einen sehr wüsten Wortwechsel voller Beleidigungen und Verleumdungen, Drohungen und Flüchen, die der Beamte, der als Aufpasser und Wächter diente, nur zum Teil verstand. Das Englisch war dabei aus der „untersten Schublade". Diese Fäkaliensprache lernte René zum Teil auch nur in seiner Afrikazeit, sogar nicht einmal in London.

„Mögest du Christenhund in der Hölle schmoren, wenn schon der Brand in deiner Schlangengrube nichts brachte!", waren damals die Abschiedswünsche von Ali.

Und René war so wütend und innerlich und äusserlich zitternd, dass er erwiderte: „Hoffentlich krepierst du in der Zelle, damit deine hirnverbrannten Ideen von unbegründeter Rache endlich aufhören! Dein Bruder hat meinen Bruder umgebracht, und eigentlich war ich gemeint, ihr traurigen Scheusale!"

Zum grossen Glück war Alisa nicht dabei. Vielleicht hätten sie und das werdende Leben grossen inneren und äusseren Schaden genommen.

„Das werdende Leben!" wiederholte René in Gedanken. „Wir wollen uns darauf konzentrieren und freuen. Alisa ist sicher einverstanden, wenn wir wissen wollen, ob es einen Sohn oder eine Tochter wird!"

Sie war einverstanden, und der alte Hausarzt in Montreux stellte fest: „Ihr bekommt einen Stammhalter, also einen Sohn!"

„Wie wollen wir ihn nennen?", fragte Alisa glücklich lächelnd.

„Was hast du für Gedanken?", meinte René ebenfalls strahlend zurück.

„Henri! Er soll in unserem Sohn auch weiterleben!"

„Grossartig, mein Engel! Aber einige geografische Punkte auf dieser Welt besuchen wir nie mehr, wie zum Beispiel Mali und Marokko!"

„Vergiss nicht, Mali war einmal meine Heimat. Das Land ist gross! Streiche es nicht ganz und für immer aus deinem Kopf!"

„Gut, wenn wir unseren Henri in einer christlichen Kirche taufen lassen können. Was meinst du?"

„Sicher! Weißt du, dass euer Jesus auch im muslimischen Glauben als Prophet gilt? Nicht so wichtig wie Mohammed, aber immerhin!"

„Ich weiss", erwiderte René. „Ich habe einige Bücher über den Islam gelesen, und zwar nicht nur von Gegnern dieses Glaubens, sondern auch von bekannten Geistlichen aus deiner Religion."

„*Meine* Religion?", flüsterte Alisa leise. „Diese ist zwischenzeitlich eine Mixtur aus beiden Bekenntnissen.

Plötzlich fragte René, mehr aus Spass als aus Ernst, „was würdest denn du machen, wenn ich dich eines Tages mit einer anderen Frau betrügen würde?"

„Dann würde ich *mich* umbringen!"

„Warum nicht *mich*", meinte René ganz erstaunt.

„Weil dann mein Leben keinen Sinn mehr hätte!"

„Keine Sorge, das geschieht bei mir nicht, weil ich die beste und liebste sowie die verführerischste Frau der Welt habe!"

Ein Brief aus Russland erfreute die beiden etwas später. Anastasia war tatsächlich zu Hause angekommen und sandte Grüsse aus Swerdlowsk. „Kommt mal vorbei und schaut auch bei uns den weiten Himmel an", schrieb sie. Sie konnten aus den Worten herausfühlen, dass auch sie glücklich war.

Wir hoffen sehr, dass dieses Glück bei allen anhält!

Weitere Bücher von F.U. Ricardo bei Books on Demand

Brot und Salz
ISBN 978-3-8391-1612-8, Paperback, 140 Seiten
Die Kerze
ISBN 978-3-8391-1882-5, Paperback, 164 Seiten
Der Raub des Luzerner Mädchens
ISBN 978-3-8370-3802-6, Paperback, 164 Seiten
Drama am Weissfluhjoch und am Tafelberg
ISBN 978-3-8370-3567-4, Paperback, 180 Seiten
Drei Welten – drei Leben
ISBN 978-3-8370-9983-6, Paperback, 220 Seiten
Eifersucht
ISBN 978-3-8370-8259-3, Paperback, 196 Seiten
Einsame Spitze
ISBN 978-3-8423-3777-0, Paperback, 172 Seiten
Grosser kleiner Mann? – Kleiner grosser Mann
ISBN 978-3-8391-5212-6, Paperback, 180 Seiten
Leuchttürme
ISBN 978-3-8391-1170-3, Paperback, 124 Seiten
Mit Scherz und Schmerz zum Herz
ISBN 978-3-8391-5285-0, Paperback, 168 Seiten
Nichts Neues! Wirklich?
ISBN 978-3-8391-1067-6, Paperback, 124 Seiten
Paradies und Hölle in Ascona
ISBN 978-3-8370-6426-1, Paperback, 132 Seiten
Reicht ein Quadratmeter?
ISBN 978-3-8391-4807-5, Paperback, 136 Seiten
Schmelztiegel
ISBN 978-3-8391-0433-0, Paperback, 196 Seiten
Sehnsucht Puszta
ISBN 978-3-8391-4148-9, Paperback, 140 Seiten
Späte Ehre
ISBN 978-3-8423-6031-0, Paperback, 168 Seiten
Wolken über der Toskana
ISBN 978-3-8391-4431-2, Paperback, 140 Seiten

Weitere Bücher von F.U. Hörarte bei Lesern an Conzial

Drei Geschichten

ISBN 978-3-... .... 164 Seiten
Die Karte ...

ISBN 978-3-... .... 164 Seiten
Der Rauch des Luisenhof Geschichten

ISBN 978-3-... .... 164 Seiten
Drama am Wald ... und auf Teilhaftig

Drei Welten ... drei Leben

ISBN 978-3-... .... 164 Seiten
... ...
ISBN 978-3-8391-4372-2 Paperback 182 Seiten